Copenhagen
August 24
2012

Room 510

First Hotel

The red roofs
darkened by the rain
and the eternal
beginning of a cold

The living statue
before the compliments
the propositions

the marriage
proposals

She is safe
and beautiful
forever
even when my friend
holds me off
my protestar
did weigh home
and I am silence
in the future

Like David bent down
on the bed of all desire
I come to you now
I call out your name
I ask to be done
with this daunting love
with this burden of heart
with this shame
And the heart cannot bear

Like David bent down
in the darkness of his love
I call to you now
from the place of despair
I call out your name
and I ask to be done
and the burden of heart

both sides of the battleground
from humanity from love

like he bent down
to the darkness of his love
with no saviour below
and no eyes from above
and he cries out your name
from the place of despair
for the burden of heart
that he cannot repair
for the burden of shame
which is there, which is there
for the shame
which his heart
cannot bear
for the burden
of love

Nothing is enough
All my secrets
I've told to the pillow
like a teenage girl
in a Motown song
And I'm burning
I'm burning to follow
my secrets
to the City of Death
on the outskirts of town
Saturday Morning
what was I saying of
before the birds
interrupted my thought
I was thinking
of a room in Westminster
room

Saturday Morning
and the lower eye shining
and my small disease
is climbing the knot
Saturday Morning
and the ruins of Moscow
and the desk cannot
is getting my job
Saturday Morning
and I'm sitting at the table
where I wrote
The Tower of Song
Saturday Morning
and I got nothing going
with this genius

with a woman from Hell
who thought she was hot
Saturday Morning
how long can I wait
when its clear that
you're serving your terror
and you're having
all that you hate.
Saturday Morning
be the wonderful window
where the palm trees
tickle the wind
Saturday morning
don't give up your courage
just breathe
and the worst will be over
but look its coming again

Leonard Cohen

火　焰

［加拿大］莱昂纳德·科恩　著

［澳大利亚］欧阳昱　译

中信出版集团｜北京

图书在版编目（CIP）数据

火焰／（加）莱昂纳德·科恩著；（澳）欧阳昱译
. -- 北京：中信出版社, 2019.9
书名原文: The Flame
ISBN 978-7-5217-0806-6

Ⅰ.①火… Ⅱ.①莱…②欧… Ⅲ.①诗集－加拿大
－现代 Ⅳ.①I711.25

中国版本图书馆 CIP 数据核字（2019）第 140211 号

FLAME Copyright© 2018, Leonard Cohen
Simplified Chinese translation copyright ©2019 by CITIC Press
Corporation
ALL RIGHTS RESERVED
本书仅限中国大陆地区发行销售

火焰

著　　者：[加拿大] 莱昂纳德·科恩
译　　者：[澳大利亚] 欧阳昱
出版发行：中信出版集团股份有限公司
　　　　　（北京市朝阳区惠新东街甲4号富盛大厦2座　邮编　100029）
承　印：中国电影出版社印刷厂

开　　本：880mm×1230mm　1/32　　印　张：16　　字　数：292千字
版　　次：2019年9月第1版　　　　　　印　次：2019年9月第1次印刷
京权图字：01-2019-4429　　　　　　　　广告经营许可证：京朝工商广字第8087号
书　　号：ISBN 978-7-5217-0806-6
定　　价：68.00元

莱昂纳德·科恩作品年表

出版书目

《让我们比拟神话》

1956 **Let Us Compare Mythologies**

《尘世香盒》

1961 **The Spice–Box of Earth**

《至爱游戏》

1963 **The Favourite Game**

《献给希特勒的花》

1964 **Flowers for Hitler**

《美丽失败者》

1966 **Beautiful Losers**

《天堂寄生者》

1966 Parasites of Heaven

《精选诗集：1956—1968》

1968 Selected Poems, 1956–1968

《奴隶的能量》

1972 The Energy of Slaves

《情人之死》

1978 Death of a Lady's Man

《宽恕之书》

1984 Book of Mercy

《陌生人音乐》

1993 Stranger Music

《渴望之书》

2006 Book of Longing

《火焰》

2018 The Flame

录音室专辑

《莱昂纳德·科恩之歌》

1967 Songs of Leonard Cohen

《来自一个房间的歌》

1969 Songs from a Room

《爱与恨之歌》

1971   Songs of Love and Hate

《为旧礼备的新衣》

1973   New Skin for the Old
        Ceremony

《情圣之死》

1977   Death of a Ladies' Man

《最近的歌》

1979   Recent Songs

《多重立场》

1984   Various Positions

1988 《我是你的男人》
I'm Your Man

1992 《未来》
The Future

2001 《十首新歌》
Ten New Songs

2004 《亲爱的希瑟》
Dear Heather

2012 《旧想法》
Old Ideas

目　录

诗歌

歌词

VII

前言

　　本诗集辑录了父亲作为诗人的最后努力。要是他能亲眼看到本书完成就好了——这倒不是说，他亲手拿到的书会更好、更实际、更慷慨，样子也更好看，也不是说，这本书就会更像他、更接近他心里想的，要为读者提供的那种形式，而是因为书里写的是他活着时做的事，是他活到生命最后一刻时，呼吸的唯一目的。在他写作本书的那段艰难的日子，他会对我们中少有的几个经常上门看他的人，发送"不要打扰"的电子邮件。他忍受着多重脊髓压迫性骨折的剧痛和弱化的体质，精力充沛地重新投入沉思默想之中，为的是能够集中注意力。他常常对我说，假如在他丰富而又复杂的一生所用过的全部艺术和生活策略中，他能完全忠实于一种见识就好了，那就是：写作是他唯一的慰藉，也是他最真实的目的。

　　父亲未出名的时候，就已经是一个诗人了。正如他在"笔记本"中所记，他认为这一职业是"来自 G-d 的（某种）使命"。[1]（中间加的连字符号表明，他崇拜那位神祇，但他不肯把神的名字写出来，这就是一个古老的犹太风俗了，并进一步证明，他的忠诚是与自由结合起来的。）"宗教、老师、女人、毒品、道路、名声、金钱……没有一样东西能让我嗨起来，能像把白纸涂黑，像写作这样。"这个关于目的的声明，也是一个关于后悔的声明：他把他的文

1　提到上帝"God"时，故意不写全，而写成"G-d"，有点似信非信的感觉。——译者注，下同

学奉献，当作一种解释，解释了他所感觉到的一些问题，如没做个好父亲，各种人际关系都很失败，对自己的经济和健康都没料理好，等等。我想起了他一首不大知名的（但也是我最喜欢的一首）歌："为美人远道而来，我抛下甚多。"但显然还不够远：以他的观点看，抛下的东西也不够多。而他知道，这本书，是他最后的奉献。

我还是个孩子的时候，会找爸爸要钱，到街角店买甜食吃，他常常叫我到他上衣口袋里找散钱或零钱。我在他几个兜里翻找时，总会找到一本笔记本。后来，我会问他有没有打火机或火柴，我打开抽屉时，会找到一沓沓纸和笔记本。一次，我问他是否有龙舌兰酒，他让我到冰箱找，结果我找到一本结了霜、放错了地方的笔记本。说真的，认识了我父亲（除了其他很多令人惊叹的事情之外），就等于是认识了一个身上总带着纸、笔记本和鸡尾酒餐巾——每张餐巾上面，都有漂亮的手写字迹，这些餐巾（整齐地）到处散放着——的男人。这些东西来自饭店的床头桌，或 99 分店。他从来不用那种烫金的、皮面精装的、花哨的，或看起来很重要的东西。父亲更喜欢用简陋寒薄之物。到了 20 世纪 90 年代初，一些储物柜里已经装满了他的笔记本，笔记本里记下了他奉献的一生，他这一生都奉献给了最能说明其人性格的那种东西（亦即艺术）。

写作就是他的存在，是他不停侍弄的火，是他不断为之添油，意义最重大的火焰。这火焰从未熄灭过。

父亲的全部作品中，有许多主题和文字都是重复的：冻结、破碎、赤裸、火，以及焰。第一张专辑封面的背面（如他后来放在一首歌曲中的那样），有"追随圣女贞德的火焰"这段话。"谁燃于火？"他在一首关于命运的歌中，有这样一个著名的问句。这首歌顽皮地利用了一段犹太经文："我点燃了一根细瘦的绿蜡烛，为的是要你嫉妒我。"那根蜡烛只不过是许多引火物中的第一根罢了。他的全部作品中都有火有焰，为了创造、为了毁灭，为了取暖、为了照明，为了欲望、为了圆满。他把一朵朵火焰点燃，他勤奋地细心照料之，对其种种后果都进行研究，加以记录。这些火焰的危险令他刺激——他提到别人的艺术时，经常说东西不够"危险"，他还赞扬"思想扇起火焰之后的那种兴奋之感"。

这种火焰般的全神贯注，一直持续到他生命的最后一刻。"你要它更黑暗，我们就把火焰扑灭"，他在最后一张专辑，亦即临终专辑中如此吟诵道。他于2016年11月7日去世。现在我们感到更黑暗了，但火焰并未被杀死。他涂黑的每一张纸，都是一个燃烧灵魂的不朽证据。

亚当·科恩，2018年2月

编者按

　　莱昂纳德 · 科恩的经理罗伯特 · 科里说："在莱昂纳德一生的最后几个月中，他把精力集中在一件事情上——完成他的最后一本书，其内容主要取自他未发表的诗歌和笔记。"据莱昂纳德的编辑及长期出版他作品的加拿大出版社看，《火焰》这部作品所呈现的格式，反映了他的意图，依据的是他编撰的手稿，把他为以前的书所做的风格选择，作为了我们的参考。

　　本书的书名，来自莱昂纳德之子、莱昂纳德最后一张专辑《你要它更黑暗》的制作人亚当 · 科恩的一个建议。在莱昂纳德生命中的最后那年，亚当与他配合得最紧密。亚当注意到，火焰似乎是莱昂纳德那一年强烈关注的形象。作为莱昂纳德最后一本书的书名，《火焰》似乎特别恰当。正如这部作品本身所显示的那样，莱昂纳德身上的火焰明亮地燃烧，一直烧到了最后一刻。

　　莱昂纳德曾就此书的结构安排，提供了明确的指示。他预见会有三个部分。第一部分包含六十二首诗，是他从几十年未发表的诗库中精心挑选出来的。大家都知道，莱昂纳德会对他的诗歌反复修改，一改就是多年——有时是好几十年——最后才发表。他认为这六十二首诗是完成之作。

　　第二部分所包含的，是后来成为他最后四张专辑歌词的诗歌。莱昂纳德歌曲中的所有歌词，开始时都是诗歌，因此，本身就可以作为诗歌欣赏，而不像大多数词曲作家所作的东西那样。引人注目的是，莱昂纳德在发布含有歌词的歌曲专辑之前，就在《纽约客》上把一些歌词作为诗歌发表了。最近的《驾车穿过》是这样，之前的《一条大街》《几乎就像布鲁斯》《回家》也是如此。我们在交代莱昂纳德制作的安嘉妮·托马斯的专辑《蓝色警报》（2006）、莱昂纳德的《旧想法》（2012）、《大众的问题》（2014）和《你要它更黑暗》（2016）时，采用了莱昂纳德在其《陌生人音乐》（1993）这部诗与歌选集中曾采用过的格式，该选集的特色就是收入了很多歌词。细心的读者会注意到，《火焰》中这些诗歌的出现方式，与伴随各专辑中歌词的出现方式，是迥然不同的。

　　本书的第三个部分，呈示了莱昂纳德笔记本中录入的一则则笔记。他从年少时起，每天都记笔记，直到他生命的最后一天。莱昂纳德的朋友兼顾问罗伯特·法甘教授监督了三千多页，长达六十年笔记本的抄录工作，莱昂纳德本人授权将其发表。法甘教授密切配合莱昂纳德，为《火焰》一书遴选了"笔记本"中的一则则笔记，但莱昂纳德没有明确说明最后的次序。若按顺序排列，可能会很富挑战性，因为莱昂纳德经常会在很多年时间内，在同一本笔记本中下功夫，用不同的彩色墨水，标示出不同的一则则笔记。莱昂纳德对笔记本的数字标示法，是我们看不懂的。尽管如此，我们还是选择了遵循"笔记本"中的数字顺序，即使这些并非总是按时间的前后顺序排列的。这些笔记本的萃选，揭示了莱昂纳德作为艺术家的一种新深度，其中含有各种各样互不相连的诗节和诗行——莱昂纳德曾一度称为"废料"的东西。而熟悉莱昂纳德作品的读者，会经常把这一则则笔记，视为诗歌和歌词的草稿。我们未做任何努力，想在这些笔记本之间，形成一种权威性的叙述，而且，复制在此的一则则笔记，也都尽可能符合笔记本自身所呈现的方式，并未努力去改变标点符号或断行问题。我们在抄录一则则笔记时，遵循的是某些惯例，在列举变体时，采用了下列符号：{}表示某字或某只言片语写在一行诗的上面或下面；[?]表示某字或某只言片语看不清楚；[字？]表示某字或某只言片语不太确定；而 *** 表示一则则笔记之间的断行。

　　除了本书的这三个部分之外，莱昂纳德还有个遗愿，想收录他在 2011 年 10 月 21 日在西班牙接受阿斯图里亚斯王子奖时的获奖感言。正如莱昂纳德曾经说过的那样，"诗人"的头衔，只应该在一个人生命终结之时授予。我们在别的地方——特此向莱昂纳德的朋友和同事彼得·斯科特鸣谢——还收录了莱昂纳德的最后一批来往电子邮件，那是他离世前不到二十四小时内发生的。这批来往邮件表明，即使在莱昂纳德的临终前夕，他的火焰也燃烧得无比明亮。

　　莱昂纳德曾提议，把他的几幅自画像和素描收进书里。这项艺术实践活动，他从《渴望之书》（2006）就开始了。既然莱昂纳德没有机会来做这项遴选工作，我们就从他画的三百七十多幅作品中，选择了将近七十幅自画像，顺便还从他的艺术作品中，挑选了二十四幅素描。莱昂纳德还同意我们把"笔记本"的页面加以复制，作为本书的插图。此处也把这样的页面选入了二十多页，展示了他独一无二的笔迹和页面上的诗行布局。

最后想就单首诗歌说几句。《全职工作》这首诗，本来是《G-d要他的歌》这首诗的一个更长的版本。《幸运的夜晚》和《喝多了》的相似性，也是值得注意的。《底流》这首诗原是作为一首歌，在莱昂纳德的专辑《亲爱的赫瑟》（2004）中发布的。《从不给人惹麻烦》这首诗本来也是作为一首歌，在莱昂纳德的现场专辑《忘不了：壮丽巡演纪念品》（2014）中发布的。《一条大街》和《谢谢伴舞》这两首，在本书第二部分呈现时，所用版本与歌词稍有不同。凡熟悉雅柯·阿雅萨罗主持的"莱昂纳德档案"网站的人，都会认出一些诗歌、自画像和素描来的，它们经莱昂纳德的授权，都曾发在该网站。

亚历桑德拉·普利肖亚诺　博士、舍布鲁克大学副教授

2018年6月

诗　歌

发生于心

我总是稳稳地干活
但从不称之为艺术
我资助自己的忧郁
见耶稣，读马克思
当然这会灭了我的小火
但将灭的火星很亮
去跟年轻的弥赛亚讲
心里发生了什么

夏天的吻形成了轻雾
我试图并排停车
双方的争斗好激烈
还是女人占了上风
没关系，这是干正事
但总会留下丑陋的印记
所以我才来这儿，重访
心里发生的事

我在卖小圣物
我穿得有点潇洒
厨房有只猫咪
院子有头黑豹
在关押天才的牢房
我跟狱警交友
这样就永不会目睹
心里发生了啥事

事情来时，我应该是看见的
你可以说，排行榜是我写的
看她一眼，就会惹麻烦
从一开始，麻烦就来了
是的，我们演得像一对帅男女
但我从来都不喜欢这个角色
不清爽，不微妙
发生于心的一切都不

此时，天使拿来小提琴
魔鬼拿来了竖琴
每个灵魂都像鲦鱼
每个大脑都像鲨鱼
我打开了每一扇窗户
但房子，房子是黑的
你就说声"叔叔"，一切就简单了
不过是心里所发生的事

我总是稳稳地干活
但从不称之为艺术
奴隶已经到了那儿
歌者拴上了链子，还烤焦了身体
此时，正义的弧形在弯曲
受伤者马上要游行
我丢工作不过是因为
保护了心里发生的事

我跟这乞丐一起学习
他浑身发臭，满脸疤痕
都是女人爪子抓的
他难以轻视的女人
此处没有寓言，也不上课
没有唱歌的草地鹨
只有一个浑身发臭的乞丐
为心中发生的事而赐福

我总是稳稳地干活
但从不称之为艺术
我只能举轻，不能举重
差点把工会卡弄丢
手边有一杆步枪
是父亲的点三零三口径步枪
我们为终极之物而争
而非为了有权表示异议

当然这会灭了我的小火

但将灭的火星很亮

去跟年轻的弥赛亚讲

心里发生了什么

（2016 年 6 月 24 日）

failed portrait

失败的肖像

我爱

我爱，我爱你，玛丽
心里爱你，嘴上说不出
要是一说出
他们就会把我俩带走

蛮不讲理地关起来
把钥匙一丢
世界不喜欢我俩，玛丽
他们要整的就是你和我

我们只剩一分钟了，玛丽
然后他们就要下手
也许只有 50 秒
你知道这时间不够

30 秒了，宝贝
只有这点时间可以爱了
要是他们看见我们大笑

那就肯定会对我们动手

我爱，我爱你，玛丽
心里爱你，嘴上说不出
要是一说出
他们就会把我俩带走

蛮不讲理地关起来
把钥匙一丢
世界不喜欢我俩，玛丽
他们要整的就是你和我

小羊排

想起了那天夜里，在莫伊舍餐厅
吃的那些小羊排

我们互相之间，品尝起来都好
大部分肉体，都很好吃
就连爬行动物和昆虫也是

就连在土里埋了一百万年
才拿出来上菜的挪威有毒的碱渍鱼
和日本的毒河豚
都可以备制
以保证在桌边
有合理的风险

如果疯狂的神祇不想要我们互相吞吃
干吗把我们的肉弄得那么鲜美

我听广播说

兔子农庄一只幸福的兔子
对动物巫师说

别伤心
这儿很可爱
他们对我们太好了

又不是只我们才这样
兔子说着
安慰她

人人都会被吃掉的
兔子对
动物巫师说

（2006 年）

9:22PM　　　只有牡蛎
　　　　　知道的那种
　　　　　安宁的烦躁
珍珠是
如何　　　　　牡蛎
做成的　　　　知道

没问　　　　没有问
牡蛎　　　　牡蛎

痛苦　　（2003 年 2 月 8 日）
安宁
的　　　　准备好了
烦躁　　　你就咳一声
　　　　　把它咳出来
没问
沙粒

没时间改变了

没时间改变了
回头一看
已经太迟
我温柔的书

来不及让那些男人
为他们对
赤裸的火焰
所做的事羞愧

来不及
刎我的剑
我没剑
这是 2005 年

我怎么敢
在乎盘中餐
温柔的书啊

你太迟，太太迟

你错过了诗歌
的要点
那全是关于他们
而不是关于我的

满不在乎才对头

我不知道

我知道我弱

我知道你强

我在不属于我之地

是不敢下跪的

如果我想用手

摸一摸你的美丽

手就会出血化脓

我也就会明白

你把双膝分开

寂寞透露出来

把这颗尚未出生的心

从不屈的链子下扯出来

但你因练习而变弱

撞倒在我的灵魂上

受挫的灵魂拒绝了脑

直到你使它完整

好让我能爱你的美丽
尽管似乎隔得很远
直到我中立的世界放行
那时你多亲密

有时真太孤独了
不知道该怎么办
很想用我收藏的无聊
换取你的一小点刺激

我不知道
我不知道
我不知道
你对我有多么需要

我再也受不了了

世界的苹果啊

我们不在表面结婚

我们在内核结婚

我再也受不了了

富人肯定

也有限度

穷人肯定，也有希望

我再也受不了了

他们关于 G-d

讲的那些谎话

好像他们拥有了店家

我再也受不了了

this isn't working anymore
may be time to go

2/12/03

再这样下去已经不行了
也许到了该走的时候了

（2003 年 2 月 12 日）

015

底流

有天夜里我出海
潮水很低很低
天空已有迹象
但我并不知道
我可能会被底流
紧抓住而不放手

冲到一片海滩
海水不肯往那里走
我怀里抱着一个孩子
我灵魂怀着冷意
而我心的形状
是一只讨饭的碗

looking
for a
good
time,
sailor
?

Dec
23
'05

水手
想
找
乐子
吗？
2005 年 12 月 23 日

很少的时候

很少的时候

会有人给力

把一浪浪感情

传遍世界。

这都是不带个人色彩的活动，

超出了我的控制。

我爬上户外的舞台

太阳正在下山

掉到托雷多塔后

而那些人都不让我走

一直要待到半夜。

我们所有的人，

乐师、观众，

都在感激之情中溶解。

什么都没有，只有

星光闪烁的黑暗，

新割干草的香味，

以及风的手在抚摸

每一个单个的额头。

我连音乐都不记得了。

一阵协调的耳语声响起

但我听不明白。

我离开舞台时

问主办人

他们在说些什么。

他说他们在吟诵：

托—热—若，托—热—若

一位年轻女士，开车送我回饭店

这个种族的一朵花。

所有的窗户都放下来了。

这是一次远离错误的车程。

无论对道路，还是对目的地的吸引

我都没有感觉。

我们都没说话，她走进大厅

或上楼进我房间

都没一句问话。

只是到了最近

我才又回想起很久以前的那次车程

从那时以来，

我需要轻得没有重量

但我从来没有这样。

我们不赐福
我们传达
所赐之福

早上
5 点差 10 分
2013 年 6 月 20 日

我的律师

我的律师叫我别担心

说那种垃圾已经绞杀了革命

他带我到豪华顶层公寓的窗边

告诉我他有个计划

想仿造一个月亮

（1978 年）

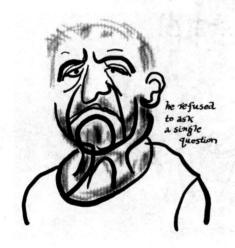

he refused
to ask
a single
question

他拒绝
问
一个
问题

我无法破解密码

我无法破解密码
我们冻结之爱的密码
现在要知道密码是啥
已经为时太晚了

我向过去伸手
总是达不到目的
感觉一切都像是
事物走到了终极

尽管我们早已分手
什么也没留下
我还是听见自己的嘴唇
许诺了又再许诺

尽管我们浪费了真言
留下来的已经很少
我们还是能打扫房间

还是能把床铺好

当全世界都讲假话
我也不会说它不假
当黑暗发出召唤
我会同你同路

在可耻的时代里
在巨大的恐惧中
当他们叫响你的名字
我们要手拉手地走

（2015 年 8 月 21 日修改）

当她不召唤你时

我在看旗帜

我在看旗帜

手放在心上

要是能够打赢我俩

希望挑起的（一场）战争，那该有多好

Kemps Corner
Hotel
Room 215

The War

What fun
to see it
clearly

2/16/03

肯普斯角
饭店
215 号房间

战争

要是能清楚地
看见战争
那有多好玩

2003 年 2 月 16 日

幸运的夜晚!!! 2004 年 3 月 7 日星期日

让我们说，在那个幸运的夜晚
我发现我的房子秩序井然
我可以悄悄溜走，无人看见
但心里燃烧着欲望

逃下一座秘密的楼梯
走进森林
夜很黑，但我很安全——
我的房子终于秩序井然

无论是否幸运，我做得都对
没人看见我走
隐匿、盲目、秘密的夜晚——
我的心是唯一的灯塔

啊，这座灯塔照亮我的路
比太阳还要确定
她在那儿等我——

所有中的所有，那个唯一的她

跟着夜晚命令我
走进她的侧边
像亚当对待夏娃
直到需要分开时为止

这样我就能让她看看
我为她，只为她，留下了啥——
爱留下的秘密之地
在世界尚未诞生之时

她的乳尖，在我的手底下
她的指头，插进我的头发——
一座森林，从死者那儿发出呼唤
到处都飘溢着香气

从墙上吹来一阵放牧的风

没有重量，而又沉静

风吹伤了我，我分开她的双唇

在唇间把我俩伤了

拴牢在这儿，投降了，对

我爱人、我爱人

我们伸展、淹没，就像百合花——

永远而又永远

他说，他要杀死我俩

他说，他要杀死我俩
他经常这么说
你就告诉他，说你爱他
他态度就会软化

咱们等一会儿吧
咱们再等一会儿
敌人正蓄势待发
咱们等他更强大

他会采取行动吗？

028

禅师说

1.

禅师说：

Jikan san [1]（时间先生），有件事想要你知道

好的，禅师

你是我教过的最糟糕的学生

2.

我消失了十年。

我回到洛杉矶时

禅师请我吃晚饭。

饭后，禅师要单独

见我。

禅师说：

你走后，我死了一半。

我说：

我不相信你。

禅师说：

回答不错。

3.

在禅师的性丑闻期间（他 105 岁了）

我跟禅师的交集

~~~~~~

1   Jikan，在日语中是时间的意思，san 在日语中意谓三，也有先生的意思。

经常在新闻报道中
被提及。

禅师说：

我给你惹了不少麻烦。

我说：

是的，禅师，你给我惹了
不少麻烦。

禅师说：

我该死。

我说：

那没办法。

禅师没笑。

如果没有绘画

如果世上没有了绘画

我的画就会很重要了。

我的歌也是这样。

既然情况并非如此，那我们就赶快到后面

排队吧。

有时，我在杂志里看见一个女的

在绚丽多彩的强光中受到羞辱。

我很想在更幸福的环境中

把她确立。

有时是个男的。

有时活人坐着为我做模特。

我能对他们再说一次吗：

谢谢到我房间来。

我也很爱桌上的物体

如烛台和烟灰缸

以及桌子本身。

从我书桌的镜子中

在大清早

我把几百幅自画像

拷贝下来

这让我联想起这事那事。

策展人称这次画展为：

《画到字》

我称我的作品是

《可接受的装饰品》。

2007 年 1 月 15 日，西西里咖啡馆

既然我已在岁月
的边缘下跪
那就让我坠入爱的镜子吧

而我认识的那些事物
就让它们雪一样漂移
让我寓于，头顶的光明

在辉煌的光线中
有日，也有夜
而真理是最宽广的拥抱

它含有所失
含有所得
你之所写，你之所抹

我的心何时裂开
我的爱何时生出

在这无法言说痛苦的冥冥中

就连蓝图也会被扯碎

（2016 年 5 月 27 日修改）

我们身上晒黑的地方还不够多

我们
需要
更多爱

我们
没有
足够
多的
爱

我们需要
你的
爱

被剥夺的

我被剥夺了撒哈拉沙漠这个伴侣

只好在房间到处张望

偷瞧椅子脚下

她的钱包

我在一本小笔记本中

检查了每一个条目

那都是用一根眉笔写的

正好找到了那首诗

就是你正读的那首——

字迹模糊

但一字不苟:

"站直身子,小小勇士"最后写道

"这并非好像说你

因为爱我

而浪费了你的生命"

没有礼物
这个早晨
没有免费的样品
甚至都别
看起来像我

想写一首
《情歌》
为了跑步机
以及划船
器

宝贝,宝贝,你对我做啥
宝贝,宝贝,你对我做啥

2003 年 1 月 28 日

035

爱的尺度

有时，我听见你突然停住

改变你的方向

朝我走来

我听见的是一种窸窣声

我的心一跃而起，去迎接你

在空中迎接你

把你带回家去

重新一起过漫长的生活

跟着我就想起

爱的不可逾越的尺度

于是我自己准备

抵挡记忆和渴望

的后果

但记忆带着岁月的清单

优雅地侧过身去

渴望跪下来

就像一头牛犊

在惊异的草中

而为了让你的死亡活过来

耗费的那一刻

我们在相互永恒的陪伴下

重新恢复了精力

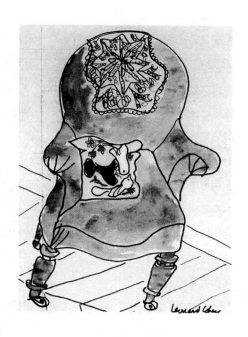

全职工作

[给 V.R. (1978–2000)]

瓦内莎一路从多伦多
打电话来。
她说，我
可以依靠她
假如我一旦穷愁潦倒。
挂电话后
我吹起了
她在我们分手时
送我的
那支六孔木笛。我心领神会了指法
吹得比任何
时候都好。
泪水从我眼中涌出
因为笛声
以及我想起
她的极美之处
这是任何人都避不开的，
还因为她说
有一支歌找不到了，

而我从所有失业的人中
被选中
我被选中
是为了重新找回那首歌。

我看见你在窗子里
窗子开得如此之开
没有任何东西在它之外
没有任何东西在它之内

你脱掉凉鞋
你头一甩，把头发松开
你把美丽剥露出来
你到哪儿都把美丽穿戴

故事已经写好。
信已封好。
你给了我一朵百合
可现在，它开成了一片田野。

you gave me
a lily
but now
it's a
field

你给了我
一朵百合
可现在
它开成了一片
田野

你脚一蹬
把凉鞋踢掉
你头一甩，把头发松开
你跳舞的地方，它撕开了
它到处都撕开了

它在右边
撕开了
它在左边
也撕开了
它在中间
也撕开了
这一点，很少
有人能接受

来把散落得到处都是
的东西收集起来吧
神圣之物中的谎言
非神圣之物中的光明

蒙特利尔

我听见车水马龙

我在大道上听见
车水马龙
我爱我的咖啡
我爱夏梅茵

又一天过去了
起床，睡下
赚一天钱
刚开始，又熄了火

我爱夏梅茵
她心地很好
我虽还是个傻瓜
但她并不在乎

她眼睛是灰色的
但如果我坏
她眼睛就会露出
一重绿

忽略了
计划
但还是不
假装

（2000 年 2 月 26 日）

向莫伦特致敬

我听莫伦特唱歌时

就知道我该干啥了

我听莫伦特唱歌时

我不知道该干啥了

我听莫伦特唱歌时

我生活变得太浅薄了

没法在里面畅游

我往下挖，但下不去

我想抵达，但起不来

我听莫伦特唱歌时

我知道我背叛了

庄严的许诺

证明我所有背叛都合理的

那句庄严的许诺

我听莫伦特唱歌时

我喉咙的托词被摈弃

我礼物的托词被推翻

用的是六条完美无缺的鄙视线条

我的吉他背离我而去

而我想把一切都归还

但谁都不要

我听莫伦特唱歌时

我向贫乏的想象力投降

这想象力本身很久以前就已经

向伟大的酒馆之声

和家庭和山峦投降

我听莫伦特唱歌时

背景歌手

我感到谦卑，但不觉得受辱

我现在随他而走

从我无法成为的黑暗中走出

进入我无法唱的歌的黑暗中

那是渴望发地震的歌

那是渴望宗教的歌

跟着，我听见他开始了伟大的上行

我听见莫伦特唱的《哈利路亚》

他那首如雷震响、杀气腾腾，但又安安静静的《哈利路亚》

我听见这歌声跃起到无法企及的高度

以他自己不可想象、模棱两可

的尖角

刺穿了平庸的模棱两可

他的呼喊、他完美无缺的文字与心灵

的困惑和矛盾做斗争

与它们摔跤，与它们拥抱

以嫉妒的夫妻一样的不顾一切，把它们扼杀

而他把它悬挂在那儿，悬挂在他的声音底下

悬挂在所有破裂的天花板上

失望的天空之上

他的声音从希望的泥泞中、喉咙

的鲜血中、弗拉门戈的

严格训练中逃出

他就把它挂在那儿

莫伦特王国

他进入这个王国不是作为莫伦特

而是作为伟大的、非个人化的、被神选定的声音

小酒馆、家庭和山峦的声音

而他把我们带到那儿

用流血的手指、用喉咙、用弄脏的翻领

把我们剩下的一切

都带往他的王国

他本人建立的贫穷王国

那是我们要去的唯一的地方

从来都想去的地方

我们在那儿可以呼吸到孩提时代的空气

尚未诞生的空气

我们在那儿终于啥都不是了

我们在那儿没他就不行

恩里克·莫伦特万岁

家庭的莫伦特万岁

舞者们、歌者们

小酒馆、家庭和山峦的信徒们

the dazed middle self

the inner self is clear and doubtless
the outer self is confident and highly functional
I show you the dazed middle self - the DMS

Room 215
Hotel
Kemps corner
2/6/03

茫然的中间的自我

内心的自我很清楚，没有怀疑
外在的自我很有信心，有高度的功能性
我让你看的是茫然的中间的自我——the DMS [1]

2003 年 2 月 6 日

肯普斯角饭店 215 号房间

1　即 "the dazed middle self"（茫然的中间的自我）的简称。

向罗森加尔藤致敬

如果你有一堵墙，你房里有一堵空墙

我房里所有的墙都是空的

而我就爱空墙

我在我可爱的空墙上

想放的唯一东西

不是可爱的

它不需要可爱的

它不需要一个形容词

墙现在这个样子就可以了

但我想挂一张罗森加尔藤

一张用木梳子和黑墨水制作成的

罗森加尔藤像

什么地方都永远去不了，在不可磨灭的平行曲线的旋涡中

这是字母，还是女人？

这是另一种完美无缺、令人惊叹的黑色字母，用文字写成

成百上千的字中的一个字

一首持续的罗森加尔藤史诗，赞美

人类对自己的神圣和残酷的欲望

你的心跟白纸一样

那女人如此小心翼翼地在纸上泼溅开来

二者都需要她，为的是成为重大

假如你有一堵巨大的白墙

假如你把他画的成百上千的威严女人排成一排

你不用花太久时间

去研究那种书法

就能理解自己，原谅自己

为何经常堕入爱情

为何支持我们神秘而又放光的种族

而且还能让你曾一度受骗而拥抱的

关于美的无论什么

愚蠢的论点归于沉默

这跟家具的道理是一样的

我有一两张木桌

是很久以前廉价买的

多少年来我都一直把它们擦净

上面不要放任何东西

除了弯头、一只盘子、一只玻璃杯

但一张桌上放了一幅罗森加尔藤的画

因为一幅这样的画会赞美支起它的木头

因为画它的大脑跟一百年前

制作桌子的大脑是同一个大脑

那是荣誉的、技巧的、谦逊的大脑

它耐心地展示了一种用途

有说不出好的手工制品

你只有跟一幅罗森加尔藤在一起生活了

才知道它多么实用

跟桌子或墙一样实用

能为你的无助服务

能在一个房间中定位你已经忘记了探索的

你"被毁弃的生活"

正如在一首伟大的诗中，没有一个多余的字

在一幅罗森加尔藤的画中

也没有额外的容量

没有手势，没有作态，没有眨巴的眼睛

在那儿求赞

它本来是什么样，就是什么样

尊重它所来自的那个传统

但也独立于那个传统

它立在那儿，被房间环绕

一秒钟一秒钟地确立

它与空气和光线惊人而又独创的新朋友关系

房间为你的斗争浇灌和加油

太深刻地需要这个了

而如果你有一座花园或一英亩土地

你想要它繁荣

那就这儿那儿放几幅罗森加尔藤的画吧

他画的伟大而威严的生育女神阿瑟拉

流线型的女性实体

那都是男男女女在《圣经》的"高处"

过去寻找而又崇拜

现在依然寻找而又崇拜的东西

随着我们手拉手

走过我们官方改正过的公共和私人日常生活

那种令人困惑、低劣不堪的渺小

她现在这儿：

从她自己，完整地出生

急迫而又随和

一种擦亮后穿刺的精力，它不会刺破空气

但能使之软化，能轻轻把它点燃

供奉在一座简单的石楼梯上

那本身就是一部关于和谐在逐步升级的杰作

供奉给美的神秘

那谁都不敢解释

供奉给秘密的理由

那是人人都知的

供奉在不幸的通常条件下

以及完美无缺深度内在的确信中

而此时，你的花园

不需要提醒

我总是想着一首歌

我总在构思歌曲

为的是让安嘉妮歌唱

它要唱我们在一起的生活

它要非常轻或非常深

绝不会唱得中允

我写歌词

她作曲

我唱不了

因为爬得太高

她能唱得很美

我会改成她的唱法

她会改正我的写法直到改得比美还好

然后我们一起听

不经常

不总是在一起

而只是时不时地在一起听

一直听完余生

禅师的诗

无论何时，只要在深夜
听见
无边的歌声
母亲啊！
我就又找到了你。

无论何时，只要我站在
无缝天空
的光线下面
父亲啊！
我就会低下头来。

太阳落山了
我们的影子溶化了
松树一株株暗下来了
亲爱的啊！
我们必须回家了。

（莱昂纳德·科恩译）

坎耶·维斯特不是毕加索

坎耶·维斯特不是毕加索

我是毕加索

坎耶·维斯特不是爱迪生

我是爱迪生

我是特斯拉

Jay-Z 不是任何东西的迪伦

我是任何东西的迪伦

我是坎耶·维斯特的坎耶·维斯特

从一个精品店到另一个精品店

狗屁文化伟大的假冒变化的

那个坎耶·维斯特

我是特斯拉

我是他的线圈

能使电软得像床一样的线圈

我是坎耶·维斯特把你屁股从舞台上推下去时

认为他就是的那个坎耶·维斯特

我是真正的坎耶·维斯特

我再也不怎么到处转悠了

我从来都没到处转悠

我只是在一场战争之后才活过来

而这场战争尚未打响

（2015 年 3 月 15 日）

老朋友

一个老汉跟他朋友（在电话上）说

他那天晚上要去疏勒[1]。这是一座破

败的疏勒，在一个怀有敌意的黑人居住区，在洛

杉矶。从来连一半的人数（十人）

都没有。来礼拜的人都很老，祈祷者都不会

说话，这个地方刮着穿堂风，人们衣着褴褛

患着腰痛。老汉邀请他朋友过来

与他一起笑谈一次失败的精神冒险

的残骸，那次冒险中，他俩都曾一度

抱有最高的希望。但他朋友不

笑。他朋友成了纳贺蒙尼德、菩

提达摩和圣保罗，三人合并成一，混成了一个宗教

会计师。"你不应该告诉我，你

要去疏勒。你丢失了所有的优点，而

如果你保持沉默，你本来会获得这些优点的。"什么？

优点？沉默？老汉在跟谁说话？

1　即 shule，指犹太教堂。

这太过分了。他朋友责怪他不该吹嘘

他的虔诚，但他无所谓了（有点这么个意思）。他们

互致晚安后，老汉穿上袍子

现在不太合身，因为他已

戒烟。他的床头柜上放着一个瓶子

几乎满满的都是百忧解。两个月前

他花钱又把瓶子装满了，但几乎立即停止

服药。这药不起作用。几乎任何东西

都不再起作用了。你都没法（在电话上）告诉

你朋友，跟他讲你的腰痛问题，一讲就会被他

训一顿。至少，他上周去牙医那儿时

牙医并没有非难他。两年

没去了，嘴巴都快烂掉了，洗牙开始时

人人（牙医、助手、他本人）都能

闻到臭味。他的牙医也是一个老汉。

他只说："我们来处理这个问题吧。"那老汉把他袍子

的带子系住，把房里

所有的灯光点亮（这样他就不会再度遭抢了）。他把车开

进战区，路上把所有的门都锁起来，还

在默念室的院子里停车（这其实不是

疏勒）。尤妮丝在那儿。她在那儿

已经二十五年了。"在我的年龄。"有天夜里

我听见她说。她说了句现在多么容易

伤风的话。红叶在那儿。我忘记了他的教名。

他右手手指因被猫咬

而肿胀。发炎了。他摸索着点香。尤妮丝

打了一个喷嚏，咳嗽一声，又干咳一声。一架警察的直升机声

淹没了吟诵声。这个地方仿佛冻结起来了。就

我们仨。绒毛从坐垫里

冒了出来，就像汁水正从这个故事中

泌出来一样，而我也不再生你的气了

史蒂夫。再说，老朋友，你说得

对。有道理。

（1985 年）

Bodhidharma
brought Zen
to the West
but I
got rid of it

Sheraton Tel Aviv
12th floor
grey and white
the windy sea

菩提达摩
把禅宗
带到了西方
但我
把它扔掉了

特拉维夫喜来登
12楼
起风的大海
灰白

明显的骚动

你是最后一个

那样看我的年轻女人

那是啥时啊？

"9·11"和海啸之间的某个时候

你看了看我的腰带

我跟着也往下看了看我的腰带

你没错

腰带不坏

跟着我们重新过起了我们的生活。

我不了解你的生活

但我的生活很奇妙地安静

在明显的骚动背后的

诉讼和年龄越来越大的骚动。

看"自然"频道

上帝的无聊

令人心碎

提琴、提琴、提琴

前生的重要性
为鱼的
还是
过于
夸大了

the importance
of a previous
existence as
a fish
has been
exaggerated

人

爱说"我"和"我的"
那种人
不必因害羞而弯腰——
自我是连同湖泊和高山一起
创生的
因此也是神圣的

印度女孩

你在等待。你一直都在等待。这一点都不新鲜。无论何时

只要你想要啥，你就等待。当水壶对着金丝雀歌唱时

你就在等待，而这个印度女孩让你秘密地跟她做爱，然后她就

在一场车祸里死去。你等着你老婆变得甜蜜起来，你等

着你的肉体变得细瘦和有肌肉，等着这个来自印度的女孩，在

迈凯大街她的公寓里，她说，莱昂纳德，你一整个下午都在

等我，特别是当我们都在听你老婆厨房那只

金丝雀时，你就在这时才真的感到烦死了，我们三人都站在笼子

前面，水壶发出哨响，我们对金丝雀抱有很大的期望，还有那首能

把我们仨从下午提升出来，从冬天提升出来的歌——也就是在这时

你等过了头，也就是在这时我才明白，你对我的欲望

有多么深、多么非人，也就是在这时，我才决定邀请你

进入我的怀抱。假定她对她自己说过这番话。然后我开车送她回家，而她

邀请我上楼，到她公寓，她并不抗拒我深沉的非人的

对她暗黑未知个体的欲望，而她也能看出，这个男人对她的疼爱

是多么慷慨，多么中性，多么无情地非人——于是她把我带到

绿色的救世军沙发床上，就在学生家具中间，她拿下我是因

为再过两个星期，她就要在劳伦显高速公路上的一次车祸中

死去，她在两次最后拥抱中的一次中拿下了我，因为她看出，我多么简单
很容易弄得舒舒服服，而我感激不尽，因为她能在这个地球上最后的慷慨活
动中
把我也算进去。于是我回到老婆身边，我年轻的老婆
从来也不会解冻，会跟我生孩子，一生中每天
都会因为这样那样好的理由恨我，过于熟识我
一两个朋友的老婆。我们站着，我们仨，倾听
金丝雀和水壶的二重唱，水蒸气模糊了我们在海滨大道
厨房的窗户，而蒙特利尔的冬天把一切都关闭了，除了
希望的心。玛拉是她的名字，她来看我们，因为当年
我们有来往，开着车穿过雪地，去会一个新人。

（1980 年）

充满优雅的玛丽

你一步跨出淋浴间
啊，太凉爽、太干净了
闻起来像朵花
从绿色的田野摘下
世界在燃烧玛丽
它空荡、黑暗、小气

我就爱听你大笑
笑声把世界带走
我活着就是为了听你大笑
连祈祷都不用了
但现在世界又回来了
回来就不走了

站在我身边吧玛丽
我们没时间浪费了
此时水不像水
喝起来有股苦味

站在我身边吧玛丽

充满优雅的玛丽

我知道你得离开我

钟声嘀嗒得好响

我知道该离开我了

时间又已到来

我的心变成了武器

这就是我为什么把头低着

站在我身边吧玛丽

我们没时间浪费了

那头动物在流血

那朵花很受辱

站在我身边吧玛丽

充满优雅的玛丽

洛杉矶时报

《洛杉矶时报》
会由一个名叫卡洛
的男人来读。
他会在抱着老婆
（因为她双腿不能用）
进卫生间时死去。
我会坐在太阳地
写他们的事。
我的狗会死去
我的仓鼠，我的乌龟
我的白鼠，我的热带鱼
我的摩洛哥松鼠。
我母亲和父亲都会死
我朋友罗伯特和德里克也会
死。
希拉会死
在没有我的她的新生活里。
我高中的老师会死

瓦林先生。
弗兰克·斯科特会死
在他身后留下一个更自由的加拿大。
格伦·古尔德会死
在他的荣耀之中。
马歇尔·麦克卢汉会死
在改变了几个意思之后。
米尔顿·艾孔会死
就在他把雪茄在我家地毯上
熄灭之后。
勒斯特·B. 皮尔逊会死
戴着温斯顿·丘吉尔的
蝴蝶结。
布里斯·卡曼会死
在我尚未得知他很孤独之前。
七人画派会死
在把一些地方画出名了之后
我曾在那些地方野过营

067

我曾在那些地方搭过帐篷
把鱼开膛破肚
在眼睛能够看见卡莱尔的安妮的那个
可爱的地方。
我的姐夫
飞行常客中最著名的那个
他会死，成为真正的法律之子
给我姐姐留下二百万英里。
所有这些死亡都发生了
我很久之后才预示

但这没有关系。
历史肯定会忽视
时间顺序中的小小失误
反而
聚焦于
我对多半属于加拿大的事情
之无情的关心

（1999 年 11 月 15 日于医疗大楼阳台）

the truth
feels good

说真话
感觉很好

这不是
开玩笑的

就是因为这
才使之
好玩

它是
加拿大
幽默
的绝对精髓

洛杉矶（2003 年 9 月 2 日）

你想反击却没办法

你想反击却没办法
你想帮忙却没办法
枪不射
炸药不炸
风往另一边吹
没人听见你
到处都是死
反正你要死
你厌倦了战争
你没法再解释

你没法再解释
你卡在你家房子后面
像一辆生锈的卡车
再也不能拉货

你不是在过你的日子
你是在过别人的日子

你不认识也不喜欢的某个别人
这种生活马上就要结束
你现在都知道了，你装备了这种武器
再开始就已经太迟

而你所有愚蠢的善举
武装了穷人，反对了你
你不是你过去要做的人
无论是他还是她，都离得太远了
我如何才能从这里面走出
这堆不干净的垃圾这堆不干净的东西
永远都不可能再干净，永远都不可能
自由
被人言弄脏，被宣传搞污

你累了，一切都完了
你再也做不了了
这就是为什么这么沉默

这就是这首歌的意思

你没法再解释
你没法站稳脚跟
因为表面硬得像钢
而你所有的细微感情
你微妙的洞见
你著名的理解
都蒸发了，变成了令人震惊的
（对你来说的）无关紧要

我不记得我啥时
写的这个
那是在"9·11"之前很久了

你
没法
浮现

当你醒来

当你醒来，进入恐慌

拉尔夫花店买来的郁金香

几乎枯了时

你干吗不换水

剪枝

也许找一只稍微高点的花瓶

帮助这些花站得更直些呢？

当你醒来，进入恐慌

魔鬼商店里的东西几乎抓住了你

把你自己从宗教的悬崖上摔下去，

你干吗不躺下

躺在你日常生活

凶猛的车水马龙前

让某些细节，把你搅成糊糊呢？

（1993 年 12 月 13 日）

So good to wake up with you, beloved

January 23
2003

心爱的人
能跟你一起醒来
太好了

2003 年 1 月 23 日

072

当欲望休息时

你知道我在看你

你知道我在想啥

你知道你感兴趣

我技术十分娴熟

你会忘记我老了

除非你想记住

除非你想看见

欲望发生了什么

它变得多么自由

对每一个女人

和她的长筒袜来说

多么不害臊地卷入爱情

当欲望休息时

它的信号由两人发出

遥远地在一张绿毯上

（要不就是青苔上的花）

两人从遥远的地方招手

伸展开来就像要晒干

的东西

他们小小的圆脸上

有着温柔的微笑

对着欲望招手

欲望在前景上休息

形状像山包，安安静静

很忠诚，像一头用泪水做的狗

凡是要来的（2003 年 2 月 16 日）

凡是要来的

大街上

一千万人

也挡不住

凡是要来的

美国的武装力量

也控制不住

美国

总统

和他的顾问们

想不出

发起不了

命令不了

也指挥不了

你做的

一切

或克制不做的一切

都会把我们

带到同样的地方

我们不知道的地方

你对战争的愤怒

你对死亡的恐惧

你宁静的战略

你大胆的计划

想重新安排

中东

想推翻美元

想建立

第四帝国

想永远活着

想要犹太人沉默

想安排宇宙的秩序

想打扫你的生活

想改善宗教

这一切都算不了什么

你根本不明白

你做事的

后果

哦，还有一件事

美国之后

发生的事

你是不会喜欢的

what is coming
ten million people
in the street
cannot stop

what is coming
the American Armed Forces
cannot control
the President
of the United States
and his counselors
cannot conceive
initiate
command
        or direct

everything
you do
or refrain from doing
will bring us
to the same place
the place we don't know

your anger against the war
your horror of death
your calm strategies
your bold plans
to rearrange
        the middle east
to overthrow the dollar
to establish
        the 4th Reich
to live forever
to silence the Jews
to order the cosmos
to tidy up your life
to improve religion
they count for nothing

you have no understanding
of the consequences
of what you do

oh and one more thing
you aren't going to like
what comes after
        America

《凡是要来的》手迹

我做的事

不是说我喜欢

在印度这样的地方

住宾馆

写 G-d 的事

追女人

这好像就是

我做的事

上学的日子

我领了学校的头

我是学校的领头

约翰是臂膀

佩琦是屁眼

而珍妮弗是脚趾。

我最爱的是屁眼。

我穿条纹足球汗衫

和 V 形领冰球衬衫

很中看。

难怪佩琦受

我影响。

直到出事。

然后我就失去了她。

大旗飘扬，小旗波动。

对客队来说，一切都丢了。

我在那儿，坐着很坏的座位

恶狠狠地瞅着我们的胜利。

我没法把我的眼睛，从她

小小的蹦跳的裙子上移开。

我说的是名叫佩琦的

啦啦队队长。

那是四十七年前。

那是过去。

我从来不想过去

但有时

过去想我

坐下来

很轻地，在我脸上坐下来——

而我和佩琦

约翰和珍妮弗

我们的围巾在风中

我们坐着家庭跑车

加速

驶往某人

在南塔基特的家

于是，我又能走路了。

大大地松了一口气
（因为细看了看下半边脸）
他开始体验到甜蜜的
匿名状态，在所有凋萎事物的
赐福的秩序中

洛杉矶，2003 年 9 月

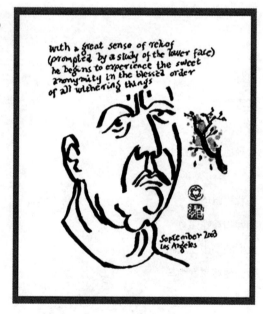

鲜花仇恨我们

鲜花仇恨我们
动物祈祷，恨不得我们都死
我一发现
就杀了我的狗

现在我知道了，它们要干什么
雏菊鸢尾花玫瑰
我才知道为什么人类没有和平
为什么什么都不起作用

回是回不去了
把朋友那束花扔掉吧
把动物都杀掉，所有的动物
但别吃它们的肉

我现在知道了，它们都能思想
它们的性器官翘在空中
它们臭烘烘的皮毛

它们对心的牵动

要是它们得胜，会对我们做什么？

没有它们多好啊
直接过我们短暂的生活
即使短，也比它们的长
而直到现在，都比它们的惨

鲜花仇恨我们
动物祈祷，恨不得我们都死
我一发现
就杀了我的狗

它们痛恨我们
它们祈祷，恨不得我们都死
醒来吧，美国
杀掉你的狗

将会比战争
还糟

082

非圣经的

我以为我会走开
但现在不得不留下来
我想我还是要说：
跟平常一样

不由我做主
我听见了严厉的裁决
我本来就不可能变得
那么美丽

有些人搭乘巴士
他们比我们幸运
虽然搞得大惊小怪
他们还是可信可靠

他们想要上车
他们不想被人忽视
他们是上帝之子

how to
get out

of what?

他们都很可怕

你以前听说过这些
我听说了一点，他们听说得更多
我烂到了核心
但我还是很仁慈

怎么
出去

从哪儿出去？

而这就是我的错误
我没杀死那条蛇
我放过了那条蛇
非圣经的蛇

084

秃头山之冬

这是秃头山的冬天
道士在铲雪
无门之门，摆动得很自由
但好像没人要走

又冷，又黑，又危险
路滑得像一个谎言
谁都不想待在这儿
我呢，我很想死

所有的食物都是二手货
人人都在抱怨
去年无价的垃圾
已在下水道冻结

这是秃头山的冬天
道士在铲雪
无门之门，摆动得很自由

但好像没人要走

忘掉你的纯粹
你的瑕疵和污点
你想爬上秃头山
那就需要铁链子

又冷，又黑，又危险
路滑得像一个谎言
谁都不想待在这儿
有人说想死

你有喜马拉雅山
以及西藏大平原
你想爬上秃头山
那就需要铁链子

（2015 年 8 月 21 日）

this way is really the best way
I'm sorry to say
whatever you have in mind
won't do anymore
I base this on over 50 yrs
of close observation
this is the best way now
this is comfortable
this is home

so much for you
my dear colonel
you never did figure out
how to deal with what
is truly unimportant

这条路其实是最好的路
我很抱歉地说
无论你心里想什么
再也不起什么作用
我这个根据的是五十多年来
密切的观察
这才是最佳方式
这很舒服
这才是家

就这样吧
亲爱的上校
你从来都没有发现
如何对付真正
不重要的事情

没事

没事，亲爱的，

真的没事，

而我不说

没事

为的是伤你，撩起你的情绪：

说的确有事，

说真的有事。

完全不是，

完全不是。

我站在你旁边

站在这壮举的中心

人类活动和欲望的壮举，

被我自己心脏

的噪声震得发聋，

被一种胃口扭曲

为了正义，为了和平，

而我看着你，

我曾试图去爱的那个你，

而那东西就来找我们了

从我们开始之处，

我们将结束之处，

一个含有你的声音

和我的声音的声音，

而我们

聚集在一起

生在一起，

死也死在彼此怀抱里，

那东西听起来是一种强有力的声音，

或一种温柔的声音，

一种耳语的声音，

或一种雷霆的声音，

总的来说，

就是我们拼命

渴望

想听见的那种声音，

是那种可以原谅我们的声音，

它说，

没事，

亲爱的

这是真话，

原谅一切的真话。

现在听吧。从你

茫然爱情的废墟那儿听吧。

这是真话，

绝对原谅一切的

真话。

没事，亲爱的。

真的没事。

（2016 年 5 月 27 日修改）

感激

巨大的淡紫色蓝花楹树

在南特勒梅茵的大街上

满树开花

两层楼高

让我看了开心

跟着

这个季节的第一批樱桃

在篱笆农场市场上

星期日早晨

"真乃赐福哦！"

我冲安嘉妮叫道

跟着是样品，用蜡纸

包着的香蕉奶油蛋糕

和椰子奶油蛋糕

我不是一个特爱糕点的人

但我能辨识面包师的天才

碰了碰帽檐，向她致意

空中有微微的寒意

似乎把阳光擦净

把美的状态

赐给了我看见的每一件物体

人脸胸脯水果咸菜绿鸡蛋

套在小巧、昂贵马具中的

新生婴儿

我真是感激不尽

感谢我新开的抗抑郁症剂

he has found his way
and he has begun
to smile

he smiles at
everyone
he is a regular
Father Teresa

他找到了他的路
他开始
微笑了

他冲着人人
微笑

他是地道的
特雷莎神父

古董歌

太旧，太旧了，发挥不了作用
太旧，只有上帝知道！
我要留下那颗小小的银心，
那朵折叠的红玫瑰。

而在某个强壮者的怀抱
我们没的，你都有。
我要为你写完我
的冬天歌。快写完了。

但是，啊！我们吻过的吻，
把我横扫到我几乎不存在
的海边的吻，
只是我想吻你更多。

我还留着那颗小小的银心，
那朵折叠的红玫瑰。
心是你一见面就给我的，

花是你结束时给的。

他整夜都在等你。
快跑他那儿去，快跑呀。

我要为你写完我
的冬天歌。快写完了。

我昨天
跟你
说话了
在我
漫长的散步
途中

我跟你
说话了，
亲爱的

2004 年 1 月 1 日

电梯镜子

我父亲长了一把胡须，
但他父亲、他兄弟都没长
我很受诱惑

在新饭店里
电梯经常太暗
镜子都不起作用
（就像这面镜子）

我什么地方都不想去
我曾去过雅典的卫城（1959）
坐在古老的石头上
跟一个女人照了一张相
（1970）
她给我生活带来麻烦
从那时一直到现在（2008）

在合理的环境下死去

基本上是我的希望
但我在这儿的路上
离合理的环境很远

有一个女人我喜欢
她年轻、她貌美、她心好
她不会唱歌
但她想当歌手

我曾保留了一张她的全身照
藏在我笔记本电脑中
跟着我想：
不能再这么做了
便把照片（很不情愿地）
拖到小小的垃圾箱
我有相当长一段时间没清空了

在马尔马逊曼彻斯特酒店

电梯里

我不得不戴上看书的眼镜　　　　　　谁能或不能当歌手

才找到我那个楼层的按钮　　　　　　并非由我说了算

走廊都是暗紫色　　　　　　　　　　上帝才知道，我自己的资格

用定位灯照亮　　　　　　　　　　　也不够深广

低音沉重的嘻哈舞　　　　　　　　　靠的还是好运

判定了这一代人的命运　　　　　　　因为成功总是

你从藏匿的扬声器中　　　　　　　　阶段性的

眯缝着眼，才找到你的门

　　　　　　　　　　　　　　　　　（一个真正可爱的人

（旅行和寓居　　　　　　　　　　　我是不必介绍给

的整个事业　　　　　　　　　　　　索尼公司任何人的）

现在都作为

一种危险的性爱冒险而抛出）　　　　（2016 年 8 月 12 日修改）

094

倾听蜂鸟

倾听蜂鸟
你看不见它们的翅膀
倾听蜂鸟
别听我。

倾听蝴蝶
它们的日子只有三天
倾听蝴蝶
别听我。

倾听负责人
是他在研究你的身份
倾听负责人
别听我。

倾听君临一切的心
辞去君临一切的职
倾听君临一切的心

别听我。

倾听上帝的心思
也不并需要存在
倾听上帝的心思
别听我。

我想我要责怪

我想我要责怪

你把我弄死

但我跟你

不熟

假如熟

现在就该结婚了

要想得到充分的愉悦

（我答应你

有这样的东西）

光在字里行间读

还不够

那是孩子的游戏

而我们并非那么喜欢

孩子

总有一天

你会拿起这本书

好像是

第一次

然后对你自己说：

不知道那家伙

是怎么办到的

一行又一行的诗

从我的困境中升起——

脸皮真厚，你说

真他妈厚

你因对此事

无所谓

而变得有力

且不提

关于过去的

整个问题

你会回想起

你曾对我多么好

我曾对你多么好

而当你站在某座

制高点

如窗户或悬崖时

你就会知道

充分的愉悦

肯普斯角饭店
215 号房间
9:36pm

是的
总是有点
不平衡

但在他作品中
很平和
平和
在他的晕眩中

一个老家伙
拿着笔
深度熟悉
他的困境

我的吉他今天站了起来

我的吉他今天站了起来

跃入我怀中，弹起

一支西班牙曲子，为那些骄傲的舞者

跺着脚，大声叫

骂把我们弄得弯腰曲背的命运

戴着血淋淋的荆冠

里面是疾病、衰年、妄想狂

幻觉等，而我，举例来说，是一样也无法避免的

我的职业生涯

值得一说的太少了

但已十万火急

必须马上说出

now we need more time

this is all we want to do

2/12/03

现在，我们需要更多的时间

这才是我们
要做的一切

2003 年 2 月 12 日

永远也别跟人惹麻烦

我付不起按揭的钱

还把婴儿的心弄碎了

我付不起按揭的钱

还把婴儿的心弄碎了

永远也别跟人惹麻烦

但现在开始还不迟

不想砸人家窗子

不想烧人家车子

不想砸人家窗子

不想烧人家车子

你有权拥有你所有的财富

但你走得是不是也太远了

你乘着特制的游艇

漂过浩瀚的大海

你乘着特制的游艇

漂过浩瀚的大海

但大海浓浓的都是垃圾

你是不可能从中穿过的

永远也别跟人惹麻烦

我是专门执法的人

永远也别跟人惹麻烦

我是专门执法的人

永远也别跟人惹麻烦

但你他妈的不是不知道，我就是爱惹麻烦

我现在你开的笑就雪洗你的脸 还要坐在你身上

如果发现我玩我用

2004 年 1 月 11 日星期日

有问题的普通人

有问题的普通人
你曾看见他在
你去过的一些地方走动
他并没屈服
他知道去哪儿喝一杯
他是能够孤独的
有问题的那个普通人

We are beginning
to get the idea
that someone
is trapped
in there

我们开始
感觉到
有人
陷在
那儿了

喝多了

喝多了，工作丢了。
日子过得好像一切都无所谓了。
跟着你停下步子，走过
我的小桥，上面落满了答案。

想不起来接下去发生了什么。
跟你保持着一段距离。
但纠缠在性的绳结里
我的惩罚就此结束。

就在一次呼吸上结束——
无来，也无去——
噢，G-d，你是我从未想到过
要结交的唯一朋友。

你的救药，在我手下
你的指头，在我发中
我们的唇吻，已经开始

它的结束，到处都是。

此时，我们的罪孽全都供认
我们的策略也全都原谅
早就这么写道：法律必须休息
法律才能写成。

而不是因为我失去的东西
也不是因为我掌握的东西
你为我停下了步子，走过
落满了答案的小桥。

虽然宽恕没有观点
这儿也没人受罪
我们还是大声呼唤，就像人们常做的
那样：
我们互相大声呼唤。

一会儿是一，一会儿是二，
一会儿整个成了灾难。
我们大喊救命，就像人们常做的那
样——
在真理之前，在真理之后。

每一盏指路明灯都不见了
每个老师都在撒谎——
前行时没有真理——
死亡时也没有。

黑夜跟着就命令我
走进她的体侧——
让我像巨大的分裂之前
亚当跟夏娃那样。

她的救药，在我手下
她的指头，在我发中——

每张饥饿的嘴都高兴——
深深地觉察不到。

我在这儿，举不起手来
去勾画美人的轮廓
但勾画出了线条，而美人很高兴
自由自在，来了又走。

从墙上吹来一阵放牧的风
它失去重量，又很日常——
我吻开你唇时，它吹伤了我俩
它在我俩之间，把我俩都吹伤。

每一盏指路明灯都不见了
每一条甜蜜的路线——
我读的那本爱情之书都是错的
它的结尾太团圆了。

而现在没有了观点——

而现在没有了另一个——

我们伸展、我们淹没，就像百合——

我们伸展、我们淹没，永远、永远。

你是我舌，你是我眼

是我的来，是我的去。

噢，G-d，你让你的水手去死

想让他去做大海。

而当我最饥饿时

她收走了我的舌头

在饥饿休息的地方把我抱住

然后世界就诞生了。

我们锁定在这儿动弹不得

永远也动弹不得

我们伸展、我们淹没，就像百合——

从什么也不是的地方走向中心。

我逃过一扇秘密的大门

逃到了边境

我称之为幸运——也可称作命运——

我离开的家秩序井然。

而现在没有了观点——

而现在没有了另一个——

我们伸展、我们淹没，就像百合——

我们伸展、我们淹没，永远、永远。

装扮成好像生活安宁的人

我成功地走到了边境

尽管我心脏的原子

个个都燃烧着欲望。

（2004 年 3 月 7 日星期日，2016 年 5 月 27 日修改）

她受到
光线
的
保护

109

一休

一休

不是道士，

也不怎么算是诗人，

作为情人，

他"打"了就走。

他需要

一百年的美国，

以及一次长长的冲澡

才不至于手太生疏。

你所有的
才是
真正的
本色

飞越冰岛

飞越雷克雅未克，"烟雾湾"
W.H. 奥登曾去过那儿
发现了我们所有歌曲
的背景，
我本人也是在那儿受到
市长和总统的接见
（一小时 600 英里
30 000 英尺
一小时 599 英里
我在贝尔蒙特大道上的老街道号码）
我在那儿，一个任何人
都这样认为的二流艺人
受到西方最崇高
最英俊的人民的荣誉接待
他们飨我以龙虾
和烈酒，
而我从不在乎眼睛
但女侍者的眼睛

是让人吃惊的淡紫色

我居然神思恍惚起来

把禁食的贝类动物也吃掉了

G-d 要他的歌

瓦内莎从多伦多

一路打电话来

她说，我

可以指望她

如果我万一

穷愁潦倒

我放下电话后

把她在我们分手的时候

送我的

六孔木笛吹了起来

我把指法整明白了

我吹得

比任何时候都好

泪水从我眼里冒出来

因为音乐

和回忆

想起了她的奇美

这一点是任何人都避免不了的

还因为她说

有一首歌找不到了

而且我有了工作

往下看
往下
看
那条
有点寂寞的
路

他所知道的一切

他所知道的一切
就是这已在之前发生过——
这一刻、下一刻、最后一刻
在放第二遍了，
可能是第三遍。
是的，第三遍。
他记得记起了这件事。

1999 年 8 月于海德拉

是
什么？

演艺圈？

钱？

投降？

我被遗忘的计划

假如我吃了一颗药

假如我吃了一颗药

我对你感觉就会好得多

我会给你写首诗

写得像封信

我会杀死一个小气的家伙

割去他的耳朵

把割下的耳朵寄给你

附言："要是你在这儿就好了"

我正试图结束

我不堪的职业生涯

以一支白色的香烟

和一幕啤酒

我求你来

我打电话求

你还能错成怎样呢

我最好还是一个人待着

我正试图结束
我不堪的职业生涯
以此时此地
一点点的真话

女人都走了

空中的
大屠杀

肯普斯角
饭店
215 号房间

2003 年 2 月 13 日

继续前行

我爱你的脸，我爱你的头发
你的 T 恤和你的晚装
至于世界、工作、战争
我都弃之如敝屣，为了爱你更多

可你走了，还是走了
好像你从来都不存在
谁把心砸碎，谁又把心重做
谁在前行，谁在开谁的玩笑

我爱你的情绪，我爱你情绪
威胁每天的那种方式
你的肉体统治了我，不过，事实是
更多的不是表面，而是荷尔蒙在起作用

可你走了，还是走了
好像你从来都不存在
白色女王、蓝色女王

谁在前行，谁在开谁的玩笑

我爱你的脸，我爱你的头发
你的 T 恤和你的晚装
至于世界、工作、战争
我都弃之如敝屣，为了爱你更多

可你走了，还是走了
好像你从来都不存在
死了也要抱住我，让我渡过难关
谁在前行，谁在开谁的玩笑

要是她没走
就好了

2003 年 12 月 27 日，星期六凌晨 1:40

120

我寂寞吗？

我寂寞吗
　　当我们发誓
　　　　一定要真真实实

我寂寞吗
　　还是，我当时
　　　　跟你在一起

有种种诱惑
　　还不仅是
　　　　几种诱惑

我寂寞吗
　　还是，我当时
　　　　跟你在一起

我寂寞吗
　　当大脑

被一劈为两半

我寂寞吗
　　还是，我当时
　　　　跟你在一起

死是有的
　　但我知道
　　　　怎么办

我寂寞吗
　　还是，我当时
　　　　跟你在一起

你得等待
如果你在等着
跟我
吵

121

你得等待

等到结束

等到生和死

都同意

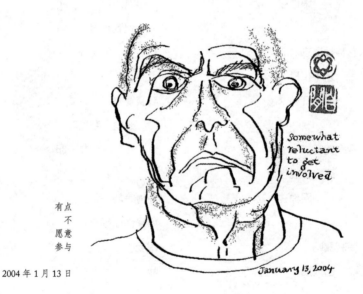

有点
不愿意
参与

过来看看

过来看看
他们会说
你并不认识我
他们会说
你并不爱我
他们会说
你并不饥渴
不想尝我

他们会说，我撒谎了
没讲我们年轻时邂逅的真相
那时，我把我的裙裾掀起
我让我的形体闪光，穿过
可怕一天的
皱褶

四十年来，我在你
沙漠中漫游

你美丽的一刻
和四十年的气喘吁吁
达到了平衡
四十年懊悔
四十年失望

让人不得安宁的睡眠
让人无法平复的拥抱
没有背景的激动
没有深度的唤起
激动的浅滩
因为不是你

手蒙住我嘴
不要我出声
智力的困顿
要让我停工

喉咙打结

给大脑一击

用甜分心

要消灭胃口

冲杯糖水

要消灭胃口

然后忘掉你

一忘就是四十年

为女人

盖房

你把女人送来

就是为了提醒我

看看，我是怎么辜负了你

但这并不意味着

这事从未发生

这件事开始了

然后化为了泡影

又一次

累得

没法爱你

也没法

在痛苦中找你

我是不是为我

刚才的感觉

而忘记了谢谢你

你刚才就曾向我示意

用鬼才知道是啥

的醉醺醺的许诺

谢谢伴舞

谢谢伴舞

糟极了、好极了、好玩极了

谢谢所有的伴舞

一二三、一二三一

你头发里别了一朵玫瑰

你穿了一套戏装

肩膀露了出来

但我是个有信仰的人

那就把音乐声调大点

把酒倒出来

倒到表面再停住

表面就可以了

不必进得太深

谢谢伴舞

听说我们结婚了

一二三、一二三一

谢谢伴舞

谢谢你抱的婴孩

是女儿或儿子了

而且也无事可做

只是在心里想，你是不是

像我一样，也厌倦了

离去

我俩在精神上结合

在臀部结合

在恐慌中结合

心里在想，我们

是不是达成了某种

协议

谢谢伴舞

糟极了、好极了、好玩极了

谢谢所有的伴舞

126

一二三、一二三一

跳得不错，跳得也快
我们最先来，也最后走
排队站在
欢乐寺旁
但绿色太绿
蓝色太蓝
我也太我

你也太你
危机很轻
轻得像羽

谢谢伴舞
糟极了、好极了、好玩极了
谢谢所有的
伴舞
一二三、一二三一

127

一条大街

我曾经是你最宠的醉鬼
好就好在，可以最后大笑一次
跟着我俩就耗完了运气
而我们只有运气

你穿上了军服
去参加了内战
我也想参军，但没人喜欢
我参战的那一方

那我们喝吧，一直喝到战争结束
我们喝吧，一直喝到我们见面
我就站在这个角落
从前这儿曾有一条大街

你把我丢下，跟碗碟在一起
澡盆里还有个婴儿
你跟民兵打成一片

你穿他们的迷彩服

我猜想，我们这样就平等了
但我想和你一起行军
在古老的红白蓝三色的续篇中
当一个群众演员

那我们喝吧，一直喝到战争结束
我们喝吧，一直喝到我们见面
我就站在这个角落
从前这儿曾有一条大街

今天早上，我为你哭泣
还会再为你哭泣的
但我不负责忧伤
所以别问我何时再哭

我知道担子很重

你要担负着穿过黑夜

有人说里面是空的

但这不说明担子就轻

那我们喝吧，一直喝到战争结束

我们喝吧，一直喝到我们见面

我就站在这个角落

从前这儿曾有一条大街

马上就要到九月了

在今后的很多年里

每一颗心都要适应

这九月严格的鼓声

我看见了文化的幽灵

腕上写着数字

向某种新的结论敬礼吧

那是我们大家都错过的

那我们喝吧，一直喝到战争结束

我们喝吧，一直喝到我们见面

我就站在这个角落

从前这儿曾有一条大街

我为勇气祈祷

现在老了
我为勇气祈祷
为了迎接疾病
和衰老

我在夜里
为勇气祈祷
为了肩负担子
减轻它的重量

我在这样的时间里
为勇气祈祷
当折磨来到
并开始攀升

我在结束时
为勇气祈祷
去迎接死亡的到来
就像一个朋友

歌　词

蓝色警报[1]

1 英文是 Blue Alert，字面意思是"蓝色警报"，但引申含义为"空袭警报"或"台风警报"，
   译者选择了字面的意思。

蓝色警报

空气中燃烧着香水
到处都是美的碎片
弹片飞舞；士兵砸在泥土上
她走得太近了。这时你能摸到她
她告诉你说：不行。又说：不行
你的唇在她褶裙边上割破
蓝色警报

她越来越靠近的幻象
在升起、逗留、消失
你试图让它慢下来；无效
不过又是一个夜晚而已，我估计
一切在赤裸中交缠
你甚至自摸
你真爱调情
蓝色警报

你知道这样的夜晚是怎么开始的
这就是你的心打结的那种夜晚
你无论往哪儿转身都会伤人
空气中燃烧着香水
到处都是美的碎片
弹片飞舞，士兵砸在泥土上
蓝色警报。

她不讲规矩，才让你晓得
你永远也野不过她
你谈宗教，但她不皈依
她的肉体有二十层楼高
你试图往旁边看，你试图
但你只想第一时间就到那儿去
蓝色警报

我离开孟买的
那天夜里

嗅着这瓶
空空的 Royal Muske

仿布兰姆卡
拍的照片

最里面的门

无处可去

无话可说

你不会听见我的声音

非要到声音走得很远很远之后才听得到

现在我太累了

没力气再吵

我们在最里面的门边

互相道别了

我独自一人时

你会回到我这儿来的

这之前已经发生

这被叫作记忆

我必须回去

回到我们开始的地方

那时我还是个女人

你还是个男的

如果你跟我一起来

我就永远无法开始

我们为自己建了一个家

但屋顶已经垮塌

我独自一人时

你会回到我这儿来的

这之前已经发生

这被叫作记忆

我都不太确定

从什么地方开始

但开始是次要的

我们首先得分手

现在我太累了

没力气再吵

我们在最里面的门边

互相道别了

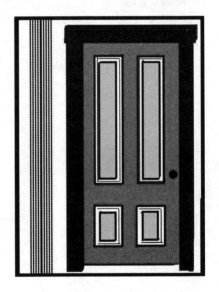

金门

回望旧金山
穿着我的蓝色中国衣衫
黄夹克衫，肩头有补丁那种
抽着"寿百年"烟

四点钟的时候，雾气漫进来了
我们都记得大海
有几秒钟的时间，我们的罪孽被原谅
我的跟你的抵消了，你的跟我的也抵消了

别等我，别感到不好意思
忘掉我们写的所有的信
把我们寂寞的故事留给雾号
让他们维持沉重的调子

我们再要一杯玛格丽特
在窗边慢慢啜饮
谁也不需要印度老师

他们只需要旧金山

我们小心翼翼地开车回家
经过的路都好像在浮动，蒙着纱巾
金门
它还有金
它还很大
没人喝醉
任何事都没失败

半个完美的世界

每天夜里，她都到我这儿来

我为她做饭，我为她倒茶

她那时才三十来岁

赚了点钱，跟男人过日子

我们在白蚊帐中睡下来

该要的要，该给的给

因为没有开始计算

我们一年就过了千年

蜡烛一支支燃烧

月亮掉下去了

山峦擦净

小镇奶白

透明、失重、发光

把我俩，照无遮

就在那片根本的地上

解脱了束缚

结果发现了半个完美的世界

夜莺

我在林边盖了一幢房
这样就能听见你歌唱
一切都很甜蜜，一切都很美好
爱情正在开始

跟我好好再见吧，我的夜莺
我找到你，是很久前
现在，你全部的美曲都已失败
森林环绕着你过来

太阳在纱巾后落下去
是时候了，该给我打电话了
那么，在你的冬青树枝下
安息吧，我的夜莺

跟我好好再见吧，我的夜莺
我活着，但要靠近你
尽管你还在某地唱歌
可我再也听不见你

你之后再没别人了

我跟很多男人跳过舞

在一场糟糕的战争中打过仗

把我的心给了一座山

但从来都没爱过

你转身走开时我很紧张

我的心总是很痛

燕尾服给了我钻石

但我从来都没爱过

因为总在路上

所以我总在路过

但你是我的初恋和终恋

之后没别人，再也不会有别人了

我住过很多城市

从巴黎到洛杉矶

我认识富人和穷人

我是个常用的陈词

你摸我时我颤抖
我要你更多、更多
我教过《印度性经》
但我从来都没爱过

因为总在路上
所以我总在路过
但你是我的初恋和终恋
之后没别人，再也不会有别人了

尽管我知道生活的常识
但现在我才心里有数
我饱经风霜，经验丰富
但阅人极少，从未爱过

一直没机会爱你

停车场空荡荡
他们杀死了霓虹灯标志
从这儿到圣约维特，一切都是黑暗的
沿线都是黑暗的
他们应该给黑夜一张罚单
罚它不该违章超速：这是犯罪
我有太多的话要跟你讲
但现在是关门的时候

一直没机会爱你
听说这是可以办到的
两人之间有很多差异
但心心相印，也总是如一

记忆回来了，空荡荡的
好像记忆的电池没电了
感觉好像你刚离开我
虽然这事多年前就已发生

147

他们把椅子堆叠起来
用抹布擦吧台
我从来没机会告诉你
你有多么美丽

一直没机会爱你
听说这是可以办得到的
两人之间有很多差异
但心心相印，也总是如一

不知道是怎么回事
但我错过了出去的标志
从这儿到圣约维特，一切都是黑暗的
沿线都是黑暗的

轻雾[1]

轻雾没在暗绿色的山岗

留下伤痕

因此我的肉体，也没在你身上

留下伤痕，永远也不会的

风与鹰相遇时

谁跟谁能留下？

因此你跟我相遇时

转个背就睡着了

很多夜晚都挨过去了

无月也无星光

我们也能挨过去吗

当一个已经走远？

1　这首词最早以诗歌形式发表于科恩的诗集《尘世香盒》(*The Spice-Box of Earth*)，原标题为"薄雾从未留痕"。——编者注

爱你爱疯了

我要爱你爱到疯狂

得一直下到陷阱

得在塔楼服刑

现在累得想走也不行

我要爱你爱到疯狂

你不是那个你，从来都不是那个

我从心疼礼品中追逐的你

我的辫子散了，衬衫也敞怀了

有时，我想往大路一走了之

人老了镜子也不会说谎

但疯狂有地方藏我

比道别更加深沉

我要爱你爱到疯狂

得把一切放下

得做不愿做的人

得什么人都不是

我厌倦了选择欲望
被赐福的疲劳所拯救
承诺的大门电线拆了
没有一个人想走

有时，我想往大路一走了之
人老了镜子也不会说谎
但疯狂有地方藏我
比道别更加深沉

谢谢伴舞[1]

谢谢伴舞

不好意思你累了

可晚会几乎还没开始

谢谢伴舞

能不能看上去有灵感点?

一二三、一二三一

你头发里别了一朵玫瑰

肩膀裸露了出来

我一向都是

穿的这套戏装

把音乐声调大点

把酒倒出来

倒到表面再停住

表面就可以了

不必进得太深

1　这首歌词改编自科恩的同名诗歌（见本书第 126 页）。——编者注

谢谢伴舞

听说我们结婚了

一二三、一二三一

谢谢伴舞

和我抱的婴孩

也许是女孩或男孩

而且也无事可做

只是在心里想，你是不是

像我一样，也毫无希望

也同样正派

我俩在精神上结合

在臀部结合

在恐慌中结合

心里在想，我们

是不是达成了某种

协议

跳得不错，跳得也快

我最先来，我最后走

排队站在，欢乐寺旁

但绿色太绿

蓝色太蓝

我也太我

你也太你

危机很轻

轻得像羽

谢谢伴舞

糟极了，好极了

好玩极了

谢谢所有的

伴舞

一二三、一二三一

旧想法[1]

1　莱昂纳德·科恩于 2012 年 1 月发行的专辑。——编者注

回家

我最爱跟莱昂纳德说话
他是运动员，他是牧羊人
他是懒汉，还穿件西装
穿件西装

但我跟他说啥，他就说啥
尽管不太受欢迎
他只是很不自由
没法说不

他会说出这些智慧的话来
就像一个智者，一个有远见的人
尽管他知道，他啥都不是
不过是回家去时
地铁的一段简短延伸
回家去了
没有我的忧伤
回家去了

明天某个时候

回到比过去

更好的地方

回家去了

没有了我的负担

回家去了

回到幕布后面去了

回家去了

没穿我穿的

戏装

他想写一首情歌

一首原谅的赞美诗

一本失败生活手册

一声压过痛苦的呐喊

一次恢复的牺牲

但这不是我要他完成的东西

我们不想再待

太久了

我要他确信

他没有负担

他不需要远见

他已被授权

只需按我说的，立刻就去做

也就是说，我跟他说啥

他就照样重复

回家

没有我的忧愁

回家

明天某个时候

回家

到比从前好的

地方

回家
没有我的负担
回家
回到幕布背后
回家
不穿我穿过的
那件戏装

我最爱跟莱昂纳德说话
他是运动员，他是牧羊人
他还是个懒汉
身上穿件西装

我们要回
家了

我们不会
再待太久了

阿门

再告诉我一遍

当我已经去过河边

当我已把渴止住

再告诉我一遍

我们都很孤独，而我正在倾听

我听得太认真，耳朵都听痛了

再告诉我一遍

当我既干净又清醒

再告诉我一遍

当我把恐怖看穿

再告诉我一遍

再告诉我一遍又一遍

那就再告诉我你要我吧

阿门

再告诉我一遍

当受害者在歌唱

再告诉我一遍

说你知道我想什么

但复仇属于上帝

再告诉我一遍

当我既干净又清醒

再告诉我一遍

当我把恐怖看穿

再告诉我一遍

再告诉我一遍又一遍

那就告诉我你爱我吧

阿门

阿门

阿门

阿门

再告诉我一遍

当白日已被赎回

夜晚无权再开始

再试我一次

当天使们气喘吁吁

在门上抠着想进屋

再告诉我一遍

当我既干净又清醒

再告诉我一遍

当我把恐怖看穿

再告诉我一遍

再告诉我一遍又一遍

那就告诉我你需要我吧

阿门

阿门

阿门

阿门

再告诉我一遍

当屠夫的烂污

用绵羊的血液洗净

再告诉我一遍

当这个文化的余部

都已通过

营地的眼睛

再告诉我一遍

当我既干净又清醒

再告诉我一遍

当我把恐怖看穿

再告诉我一遍

再告诉我一遍又一遍

那就告诉我你爱我吧

阿门

阿门

阿门

阿门

listening
carefully

仔细
倾听

165

给我看看这地方

给我看看这地方

你要你奴隶去的这地方

给我看看这地方

我忘了，我不知道

给我看看这地方

因为我低着头

给我看看这地方

你要你奴隶去的这地方

给我看看这地方

帮我把石头滚走

给我看看这地方

我一人搬不动这东西

给我看看这地方

文字成了人的这地方

给我看看这地方

痛苦开始的这地方

等着
他下
令
在
过去的
象征
物里

2003 年 12 月 25 日

166

麻烦都来了

能存的我都存下来了

一线亮光

一个粒子，一个波浪

但还有一根根链子

于是我赶紧表现

还有一根根链子

于是我爱你像奴隶

给我看看这地方

你要你奴隶去的这地方

给我看看这地方

我忘了，我不知道

黑暗

从你的杯中饮

我碰到了黑暗

从你的杯中饮

我碰到了黑暗

我说：这会传染吗？

你说：就把它喝干吧

我没有未来

我知道我日子所剩无几

当前并不快乐

有好多事情要做

我以为过去会令我长存

但黑暗也有这个特征

我本应看见那东西来了

它就在你眼睛后边

你年轻，时间是夏天

我非得跳水不可

赢得你，太容易
但得到的奖品是黑暗

我不抽烟
我不喝酒
我得到的爱还很不够
但这一向都是你做主
嘿，我并不怀念，宝贝
我根本没有一点胃口

我从前曾爱过彩虹
我从前曾爱过风景
我从前喜爱清晨
会假装那很新鲜
但我碰到了黑暗
情况比你的更糟

从你的杯中饮

我碰到了黑暗

从你的杯中饮

我碰到了黑暗

我说：这会传染吗？

你说：就把它喝干吧

反正

很遗憾，很可惜
你现在这么对待我
我知道你不肯原谅我
但反正还是原谅一回吧

结局实在太丑陋
甚至还听见你说
你从来都没爱过我
啊，但反正还是爱一回吧

梦见你了，宝贝
只穿半身衣服
我知道你就是恨我不止
但能不能恨得止呢？

我把机会都用完了
你再也不要我了
但问一问也不碍事

能不能再让我一回?

我全身脱光,脏兮兮的
眉毛上都是汗水
但反正我们两人
心里都是有愧的

发发善心吧,宝贝
毕竟我还是认错了
尽管你恨我不止
但能不能恨得止呢?

很遗憾,很可惜
我知道你不会原谅我
结局实在太丑陋
你从来都没爱过我

梦见你了,宝贝

我知道你就是恨我不止

我全身脱光，脏兮兮的

但反正我们两人

心里都是有愧的

发发善心吧，宝贝

2007 年 7 月的什么时候

今天早晨
让我们
慈悲为怀
一点吧

因为东西被拿走了
什么被拿走了？
怎么拿？

爱你爱疯了[1]

我要爱你爱到疯狂

得一直下到陷阱

得在塔楼服刑

求求我的疯狂快完事

我要爱你爱到疯狂

你不是那个你，从来都不是那个

我从心疼礼品中追逐的你

她辫子散了，衬衫也敞怀了

有时，我想往大路一走了之

人老了镜子也不会说谎

但疯狂有地方藏我

比道别更加深沉

我要爱你爱到疯狂

1　此曲翻唱自安嘉妮同名歌曲（见本书第150页），两个版本均出自科恩之手，但歌词略有不同。——编者注

得把一切放下

得做不愿做的人

得什么人都不是

我厌倦了选择欲望

被赐福的疲劳所拯救

承诺的大门电线拆了

没有一个人想走

有时，我想往大路一走了之

人老了镜子也不会说谎

但疯狂有地方藏我

比道别更加深沉

the mirror in my room

after a photo taken by the
great painter of mood Bianca
Nixdorf Kemps Corner Hotel
2003

我要爱你爱到疯狂

你不是那个你

我从心疼礼品中追逐的你

她辫子散了，衬衫也敞怀了

我房间的镜子

仿伟大的情绪摄影师毕昂卡·尼克斯多夫
所拍的一张照片
肯普斯角饭店，2003 年

175

来疗伤吧

啊，把碎片都捡起来
现在拿给我吧
那些许诺
的香气
你从来不敢发誓

你捧着的裂片
你留在身后的十字架
来为肉体疗伤
来为精神疗伤吧

让上苍听见
忏悔的赞美诗
为精神疗伤
为肢体疗伤吧

看看任意的空间里
仁慈的一扇扇大门

我们之中谁都不应

受虐待或受恩赐

渴望的孤独啊

爱就囚在其中

来为肉体疗伤

来为精神疗伤吧

看黑暗正在屈服啊

把光明活活撕开

来为理智疗伤

来为心灵疗伤吧

烦恼的尘土遮蔽啊

不可分割的爱情

下面的心在教育

上面那颗破碎的心

让上苍颠踬
让大地宣布吧:
来为祭坛疗伤
来为名字疗伤

树枝的渴望啊
要举起小小的蓓蕾
动脉的渴望啊
要净化每一滴血液

让上苍听见
忏悔的赞美诗
为精神疗伤
为肢体疗伤吧

让上苍听见
忏悔的赞美诗
为精神疗伤
为肢体疗伤吧

你脚一蹬
把凉鞋踢掉
你头一甩，把头发松开
你跳舞的地方，它撕开了
它到处都撕开了

它在右边
撕开了
它在左边
也撕开了
它在中间

也撕开了
这一点，很少
有人能接受

来把散落得到处都是
的东西搜集起来吧
神圣之物中的谎言
非神圣之物中
的光明

蒙特利尔

178

179

班卓琴

有个什么东西是我在看的
它对我很有意义
是一只断了的班卓琴，一上一下地
在黑暗猖獗的海上起伏

不知道怎么跑那儿去了
也许是波浪冲的
从某人肩膀上冲下来
从某人坟墓里冲出来

它来找我了，亲爱的
无论我去哪儿
它的义务是伤害我
我的义务是了解

有个什么东西是我在看的
它对我很有意义
是一只断了的班卓琴，一上一下地
在黑暗猖獗的海上起伏

我
必
须
再次
到
海边去
孤独的
大海
和天空

180

摇篮曲

睡吧，宝贝，睡吧
日子逃走了
风在树里作响
好多舌头在讲

你的心若撕了
我也不知为啥
夜晚要是太长
这首摇篮曲可唱

嗯，老鼠吃掉了面包屑
猫又吃掉了面包皮
现在它俩爱上了
用两根舌头在讲

你的心若撕了
我也不知为啥
夜晚要是太长

这首摇篮曲可唱

睡吧，宝贝，睡吧
日子逃走了
风在树里作响
好多舌头在讲

你的心若撕了
我也不知为啥
夜晚要是太长
这首摇篮曲可唱

182

不同的一边

有一根线，并没人画
我们却发现自己，站在线的两边
虽然更高的眼睛，会觉得完全一样
但在下边这儿，却真的是有两边

我把逆来顺受的，都叫到我这边
你把文字，叫到你那边
我凭借痛苦赢了
你说无人听你

我俩都说，法律是要遵守的
但老实说，我不喜欢你的腔调
你想改变我做爱的方式
我只想一切都随便

月亮有拉力，太阳有推力
大海就是这么越过去的
海水被赐福时，有一个阴影的客人

为迷路者照亮了路

我俩都说，法律是要遵守的
但老实说，我不喜欢你的腔调
你想改变我做爱的方式
我只想一切都随便

山谷的下面，饥馑仍在继续
饥馑还来到山上
我说你不该，你过去不能，现在也不能
你说你必须、你非要

我俩都说，法律是要遵守的
但老实说，我不喜欢你的腔调
你想改变我做爱的方式
我只想一切都随便

你想在苦难的地方生活

我只想离城而去
行了，宝贝，吻我一下吧
别再把一切写下来了

我俩都说，法律是要遵守的
但老实说，我不喜欢你的腔调
你想改变我做爱的方式
我只想一切都随便

我俩都说，法律是要遵守的
但老实说，我不喜欢你的腔调
你想改变我做爱的方式
我只想一切都随便了

大众的问题[1]

1　莱昂纳德·科恩于 2014 年 9 月发行的专辑。——编者注

慢

我把调子慢下来了
从来都不喜欢唱快
你想很快去那儿
我想最后去那儿

这不是因为我老了
也不是因为我过的这种生活
我一向就喜欢慢慢来
母亲就是这么说的

我在系鞋带
但我不想跑
到了就到了
用不着发令枪

这不是因为我老了
也不是因为要死的人才这样
我一向就喜欢慢慢来

我的血也流得很慢

我从来都喜欢慢：
从来都不喜欢快
跟你是要走的
跟我是要留的

这不是因为我老了
也不是因为我死了
我一向就喜欢慢慢来
母亲就是这么说的

你所有的行动都很快
你所有的转弯都很急
让我喘口气吧
还有一整晚上要过呢

我喜欢慢慢来的

我喜欢时间飞快时慢条斯理

你唇上度一个周末

你眼里度过一生

我从来都喜欢慢：

从来都不喜欢快

跟你是要走的

跟我是要留的

这不是因为我老了

也不是因为我过的这种生活

我一向就喜欢慢慢来

母亲就是这么说的

我把调子慢下来了

从来都不喜欢唱快

你想很快去那儿

我想最后去那儿

因此，宝贝，让我走吧

有人要你回城

万一他们想知道

就说我在试图慢下来

2003 年 1 月 5 日
终于
去
那儿了

192

几乎就像布鲁斯

我看见有些人在挨饿
谋杀的谋杀，强奸的强奸
他们的村庄在燃烧
大家都试图在逃
我没法跟他们对上眼光
我只能盯着我脚上
情况令人心酸，情况十分悲惨
几乎就像布鲁斯

在每一个杀气腾腾的想法
和想法结束之间
我都要小小地死一次
还有很多次要死
折磨的折磨，杀戮的杀戮
还有关于我的所有坏乐评
有战争、有失踪的儿童
上帝啊，几乎就像布鲁斯

我让我的心结冰
不使之接触烂污
父亲说我被选中
母亲说并非如此
我听他们讲故事
讲吉卜赛人和犹太人
故事好听、故事有趣
几乎就像布鲁斯

天堂没有 G-d
下面没有地狱
关于一切的知识
伟大的教授就是这么说的
但我收到了请柬
是罪人无法拒绝的
几乎就像是拯救
几乎就像布鲁斯

《几乎就像布鲁斯》单曲封面

参孙在新奥尔良

你说你跟我在一起
你说你是我朋友
你真的爱这个城市
还是假装说说的？

你说你爱她的秘密
和她藏起来的自由
她比美国更好
我听见你就是这么说的

你说这怎么可能发生
你说这怎么可能
在苦难的桥梁上面
剩下的一切都不名誉

而我们这些从深渊底部
喊叫着求宽恕的人
难道我们的祈祷

毫无价值

圣子将其拒绝？

那就把杀手都召集起来

那就把城里人都找来

让我站在这些支柱旁

把这座寺庙

全拆

国王心真好，样子也很庄严

他戴着一顶，血淋淋的皇冠

那就让我站在那根廊柱边

把这座寺庙拆毁

你说这怎么可能发生

你说这怎么可能

铁链都从天上消失

风暴狂野而自由

总有其他方法回答
这一点的确是对的
我，我因死亡和愤怒
而盲目
这地方不适合你

窗边
有个女人
浮华城有张床
事情完后我给你写信
让我把这座
寺庙拆毁

2007 年 10 月 14 日，星期天，早上 7 点 30 分

再也不想
说真话了

对权力说真话吗？
还不如
对无权者
说真话

197

一条大街

我曾经是你最宠的醉鬼
好就好在，可以最后大笑一次
跟着我俩就耗完了运气
剩下的只有运气

你穿上军服
参加了内战
你看上去真棒，所以我不在乎
你参战的是哪一方

一切都不那么容易
当你起来并走开
但我要把这个小故事收藏起来
有待来日方长再讲述

我知道担子很重
因为你推车穿过黑夜
有人说里面是空的

但这并不说明担子就轻

你把我丢下，跟碗碟在一起
澡盆里还有个婴儿
你跟民兵打成一片
你穿他们的迷彩服

我老说我们是平等的
那就让我和你一起行军
在古老的红白蓝三色的续篇中
当一个群众演员

宝贝，你别不理我呀
我们都爱抽烟，都是好友
背叛和复仇，那种老掉牙的故事
最好还是忘记

我看见文化的幽灵

腕上写着数字

向某种新的结论敬礼吧

那是我们大家都错过的

今早我为你哭泣

还会再为你哭泣的

但我不负责忧伤

所以别问我何时再哭

也许会有美酒玫瑰的

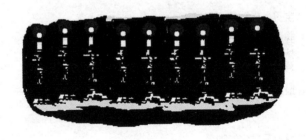

我爱过你吗？

我爱过你吗
我需要你吗
我跟你吵过吗
我想吗

我离开过你吗
我能离开吗
我们还在旧桌子上
俯身过去吗

我爱过你吗
我需要你吗
我跟你吵过吗
我想吗

我离开过你吗
我能离开吗
我们还在旧桌子上

俯身过去吗

问题解决了吗
已经结束了吗
十一月份时
还在下雨吗

柠檬树开花了
李子树枯萎了
难道我是那一个
能永远爱你的人吗

问题解决了吗
已经结束了吗
十一月份时
还在下雨吗

柠檬树开花了

李子树枯萎了

春天来了，夏天来了

冬天来了就不走了

我爱过你吗

这真的很有关系吗

我跟你吵过吗

你不需要回答

我离开过你吗

我能离开吗

我跟你吵过吗

我需要吵吗

我爱过你吗

我需要你吗

我跟你吵过吗

我想吗

我离开过你吗

我能离开吗

我们还在旧桌子上

俯身过去吗

厨房
蒙特利尔
2007 年 7 月

哎哟，噢，哎哟

爱你不是很难

不必试图去做

爱你不是很难

不必试图去做

把你小抱了一会儿

哎哟，噢，哎哟，噢，哎哟

开车送你去车站

从不问你为什么

从不问你为什么

把你小抱了一会儿

哎哟，噢，哎哟，噢，哎哟

男孩子都在挥手

都想跟你对上眼光

男孩子都在挥手

都想跟你对上眼光

把你小抱了一会儿

哎哟，噢，哎哟，噢，哎哟

爱你不是很难
不必试图去做
爱你不是很难
不必试图去做
把你小抱了一会儿
哎哟，噢，哎哟，噢，哎哟

没关系

战争打败了
和约签订了
我没被人抓住
越过前线了

我没被人抓住
但很多人都试过
我生活在你们中间
伪装得很深

我不得不把
生活丢在后面
我挖了几座坟地
你永远也不会找到

故事已经讲过
有事实也有谎言
我过去有个名字

不知道也没关系

没关系

没关系

战争打败了

和约也已签订

有的真理还活着

有的真理已死了

谁死谁活我哪知道

反正都没关系

你们的胜利

完全是大获全胜

因此你们之中

有人想把我们

小小的生命

记录下来
包括我们穿的衣服
用的汤匙和刀具

我们士兵玩的
幸运游戏
我们雕刻的石头
我们创作的歌曲

我们的和平法律
根据它的理解：
带头的总是丈夫
下令的总是妻子

以及所有这些
关于甜蜜冷漠
的表现方式
有些人叫它"爱情"

这高度的冷漠

有的人称之为"命运"

但我们起的名字

比这更亲密

这名字太深刻

这名字太真实

它们对我来说是血

对你来说则是灰

没必要

让这个存活

有的真理还活着

有的真理已死了

没关系

没关系

我现在过的是
留在身后的生活

有的真理还活着
有的真理已死了
谁死谁活我哪知道
反正都没关系

我没办法按你
杀人的方式杀人
恨也恨不起来
试过了还是不行

你把我告发了
你至少这么试过
你跟他们站在一边
心里又瞧他们不起

这是你的心吗
完全是一大堆苍蝇
这一度是你的嘴巴
那不过是一碗谎言

你为他们服务得很好
这一点也不让我惊奇
你是他们的同类
你和他们有血亲

没关系
没关系
故事已经讲过
有事实也有谎言
你一人拥有了世界
但这也没有关系

没关系

没关系
我现在过的是
留在身后的生活

这生活我完整地过
这生活我宽阔地过
穿过的一层层时间
你不能够割开
我的女人在这儿
孩子也都在此
他们的坟墓很安全
不会被你这样的幽灵破坏

在很深的地方
树根盘绕在一起
我现在过的是
留在身后的生活

a dreadful night
visited by the dear ghosts
of my favourite lovers
all of them
at their most skillful
and insistent persuasions

一个恐怖的夜晚
我最喜欢的
情侣的
亲爱的幽灵
来造访
她们都
技巧娴熟
而且
要了又要

2003 年 1 月 23 日

一个恐怖的夜晚
我最喜欢的情侣的
亲爱的幽灵来造访
她们都技巧娴熟
而且很会劝说，要了又要

生而被铁链羁绊

我生而被铁链羁绊

但我被带出埃及

我被绑上了负担

但负担被人举起

上帝啊，我再也无法

保守这个秘密

为那个名字赐福吧

赞美那个名字

我逃到了忧伤

大海的边缘

被残酷、黑暗政权

的骑手所追逼

但海水分开

我灵魂跨海

出了埃及

出了法老的梦境

文字中的文字
措施中的措施
为那个名字赐福吧
赞美那个名字
它就写在心上
以燃烧的字母写就
我知道的只有这些
其他的我读不了

我怠慢了我的灵魂
当我听说你能用我
我便紧紧跟着你
我的生活依然如旧
但你却让我看到
你的伤口在何处
在每一个原子里
那名字都已破碎

我一个人在路上

你的爱太让人糊涂

我所有的老师都告诉我

我只能责怪我自己

但在肉欲幻觉的

抓握中

一种甜蜜的无知

使那名字成了统一体

文字中的文字

措施中的措施

为那个名字赐福吧

赞美那个名字

它就写在心上

以燃烧的字母写就

我知道的只有这些

其他的我读不了

我听见灵魂在它

渴望的密室中舒展

而那苦涩的琼浆在

手工锤制的杯中变甜

但黑夜的所有梯子

此时都已坍塌

为的是把渴望举起

你让我歌唱

你让我歌唱

尽管消息很糟

你让我歌唱

我唯一的一首歌

你让我歌唱

自从那条河死后

你让我想起

我们躲藏的地方

你让我歌唱

尽管世界已消失

你让我想到

我得继续下去

你让我歌唱

尽管现实很冷酷

你让我歌唱

哈利路亚赞美曲

你让我歌唱

就像牢里的犯人

你让我歌唱

好像我的大赦已寄出

你让我渴望

我俩小小的爱情可以持续

你让我思想

就像从前的那些人

你要它更黑暗[1]

1　莱昂纳德·科恩于 2016 年 10 月发行的专辑，是其生前最后一张专辑。——编者注

你要它更黑暗

你要是音乐经销商

我早就无货可供

你要是治疗者

我早跛了、破了

你要都是荣耀

我肯定都是羞愧

你要它更黑暗

我们就把火焰扑灭

放大吧、神化吧

让你神圣的名字

挨骂吧，受折磨吧

以人做成的框架

百万蜡烛在燃烧

想要求助，却无人帮助

你要它更黑暗

我们就把火焰扑灭

我在这里，我在这里 [1]

我准备好了，上帝

故事里有个情人

但故事还是老故事

有首摇篮曲对付痛苦

还有个悖论可以责怪

但都写在圣经之中

不是什么随便的断言

你要它更黑暗

我们就把火焰扑灭

他们让犯人排队

卫兵正在瞄准

我跟几个魔鬼在搏斗

他们都很驯服，都是中产阶级

1　原文为希伯来语（Hineni）。

不知道我已被授权

可以谋杀、可以伤害

我在这里，我在这里

我准备好了，上帝

放大吧、神化吧

让你神圣的名字

挨骂吧，受折磨吧

以人做成的框架

百万蜡烛在燃烧

想要求助，却无人帮助

你要它更黑暗

我们就把火焰扑灭

你要是音乐经销商

我早就无货可供

你要是治疗者

我早跛了、破了

你要都是荣耀

我肯定都是羞愧

你要它更黑暗

我们就把火焰扑灭

我在这里，我在这里

我准备好了，上帝

everything will
come back
in the wrong light
completely
misunderstood
and I will be seen
as the man
I devoted much of
my life
to not being

2/4/03

一切都会
回来
在错误的光线中
完全
被误解
而我会被视为
我花去一生
时间
不想做的
那个男人

2003 年 2 月 4 日

226

和约

我看见你把水换成酒

我看见你又把酒换成水

我夜夜坐在你桌边

我试过，但没法跟你兴奋起来

要是我们能签和约就好了

我根本不在乎，谁占领这座血淋淋的山头

我生气，我时刻都很累

要是有个和约就好了

要是有个和约就好了

在你的爱和我的爱之间签订

他们在大街上跳舞——这是五十年节[1]

我们为爱把自己出卖，但现在都自由了

不好意思，不该把你弄成幽灵

我俩只有一个是真的——这真人就是我。

---

1 每五十年举行一次的节日，以庆祝希伯来奴隶的解放。——编者注

你走后我没说过一句

骗子会说的话

我只是不相信静电干扰

你是我的地面——我的平安无恙

你是我的天线

田野在呼喊——这是五十年节

我们为爱把自己出卖，但现在都自由了

不好意思，不该把你弄成幽灵

我俩只有一个是真的——这真人就是我。

我听说蛇对它的罪不解

它虽蜕皮，还是发现蛇在里面

但再生就是生而无皮

毒液渗透了一切

要是我们能签和约就好了

我根本不在乎，谁占领这座血淋淋的山头

我生气，我时刻都很累

要是有个和约就好了

要是有个和约就好了

在你的爱和我的爱之间签订

要是我们能签和约就好了

现在都结束了：水和酒

当年我们筋疲力尽，但后来都边缘化了

要是有个和约就好了

要是有个和约就好了

在你的爱和我的爱之间签订

诚实不欺

我知道错了
一点也不怀疑
我急切地想回家
你却正要出门

我说，最好还是一走了之
你说，还有一整天时间呢
你冲我笑笑，好像我还年轻
我连大气都不敢出

你疯狂的香气到处都是
所有的秘密都在明处
我的失落，我的失落说找到了
我的不要说要

让我们诚实不欺
我离开你走掉的时候
是背离魔鬼而去

也背离天使而去的

他们应该给我的心颁奖
因为它让你走了
我背离魔鬼而去
也背离天使而去

我现在住在这座寺庙
他们在此对你指手画脚
我老了，不得不接受
一种不同的观点

我在跟诱惑作斗
但我不想打赢
我这样的男人不想
看见诱惑塌方

你疯狂的香气到处都是

所有的秘密都在明处

我的失落，我的失落说找到了

我的不要说要

让我们诚实不欺

我离开你走掉的时候

是背离魔鬼而去

也背离天使而去的

他们应该给我的心颁奖

因为它让你走了

我背离魔鬼而去

也背离天使而去

the temptation
of the halos
resisted

抵抗
光晕的
诱惑

离开桌子

我要离开桌子
我已淘汰出局
你相框里的人
我一个都不认识
假如我真爱你
会羞得让人哭泣
假如我真爱你
假如我知道你的名字

你不需要律师
我没提出索赔
你不需要投降
我没举枪瞄准
我不需要情人
可怜的野兽很驯顺
我不需要情人
因此请把火焰吹熄

没人失踪

没有奖励

我们一点点地

割断绳子

我们消费爱情

付不起的财富

我知道你能感觉出来

重新恢复的甜蜜

我不需要理由

解释我成了何人

我虽有这些借口

但都烦人且劣质

我不需要赦免

剩下的无人责怪

我要离开桌子

我已淘汰出局

假如我没你爱

假如太阳失去光辉
生活是无边的黑夜
有感觉的事物
一样也没留下
世界的情况
似乎就会这样
假如我没你爱
让一切变得真实

假如星星不再转动
刺骨的寒风
把世界吞没
不留一丝痕迹
我就会去那儿
生活就会如此
假如不能掀起你头巾
看见你的容颜

假如树上没有叶子

海里没有了水

天亮了也没有

任何可展示之物

那我会有多么伤心

生活似乎就会如此

假如我没你爱

让一切变得真实

假如太阳失去光辉

生活是无边的黑夜

有感觉的事物

一样也没留下

假如大海只剩沙子

鲜花都是石头做的

人一旦受伤

永远都不能治愈

那我会有多么伤心

生活似乎就会如此

假如我没你爱

让一切变得真实

轻装旅行

我要轻装旅行了
那么 au revoir [1] 吧
我从前那么明亮
我那颗坠落的星星

我要迟到了
酒吧要关门了
我从前曾弹奏过
一把不太好的吉他

我估计我不过
是这样的人
已经把你我
都放弃了
我不寂寞
我遇到了几个

1　法语"再见"的意思。

238

跟从前一样

也轻装旅行的人

晚安、晚安

我坠落的星星

估计你是对的

你永远都是对的

我知道你关于布鲁斯

是对的

你过的日子

从来都不用选择

我只是个傻瓜

爱做梦的人

只是忘记了梦见

你和我

我不寂寞

我遇到了几个

跟从前一样

也轻装旅行的人

我要轻装旅行了

那么 au revoir 吧

我从前那么明亮

我那颗坠落的星星

我要迟到了

酒吧要关门了

我从前曾弹奏过

一把不太好的吉他

我估计我不过

是这样的人

已经把你我

都放弃了

我不寂寞

我遇到了几个

跟从前一样

也轻装旅行的人

但如果道路

引回到你

我必须忘掉

我知道的事吗

那时我交了

一两个朋友

他们跟从前一样

也是轻装旅行

我要轻装旅行了

这就是
这事
的
结果!

241

这方法似乎更好

第一次听他讲话时
觉得这方法似乎更好
但现在把另一边脸转过去
已经是太迟太迟

听起来像是真话
似乎是更好的方式
听起来像是真话
但今天也不是真理

很想知道究竟是啥
很想知道是啥意思
他先提到了爱情
跟着又提到了死亡

我最好住嘴不讲
我最好自己入席
把这杯血举起
试着说出祷告之语

没有希望的
树

驾车穿过

你驾车穿过祭坛和集市的废墟

你驾车穿过创世和堕落的寓言

你驾车经过耸立在烂污之上的宫殿

年复一年

月复一月

日复一日

思复一思

你驾心穿过你昨天相信的真理

如本质向善和明智之道

你驾心，贵重的心，经过你买的女人

年复一年

月复一月

日复一日

思复一思

你驾车穿过比你真实得多的疼痛

它砸过挡住所有视线的宇宙模式

无论那儿是否有上帝，都别让我去

年复一年

月复一月

日复一日

思复一思

它们还在耳语，那些受伤的石头，磨钝的山还在哭泣

他死是为了让人神圣，那我们死是为了让东西便宜

然后说：Mea Culpa [1]，你可能忘记怎么说了

年复一年

月复一月

日复一日

思复一思

你驾车，我的心啊，尽管我无权要求

去找那个永远也干不了活的家伙

1　Mea Culpa，拉丁语"是我的过错"的意思。

他知道他已经定罪，他知道他会被枪杀

年复一年

月复一月

日复一日

思复一思

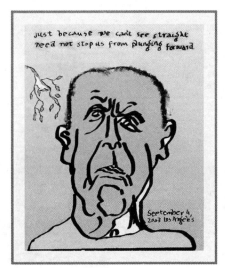

不要因为我们不能直视前方
就停止向前冲锋

2003 年 9 月 4 日于洛杉矶

245

莱昂纳德和彼得

彼得·代尔·斯科特（1929 年生），诗人、学者，是加利福尼亚大学伯克利分院的荣休教授。其父是加拿大诗人 F.R. 斯科特，曾在麦吉尔大学为科恩当过辅导老师。斯科特把他最近出版的一卷诗集《在黑暗中行走》(*Walking on Darkness*)，题赠后送给了科恩。承蒙斯科特的好意，现将后来他们之间的电子邮件通信录在下面。

莱昂纳德（出自《你要它更黑暗》，2016 年 9 月 21 日）：

你要它更黑暗 / 我们就把火焰扑灭……

彼得（出自《在黑暗中行走》上的题献，2016 年 10 月 1 日）：

如果你要它更黑暗

这书就不送你了

我总是要它更光明

我想上帝也是这样的

莱昂纳德（2016 年 10 月 3 日）：

谁说"我"要它更黑暗？

谁说那个"你"是"我"？

上帝在你海港拯救了你

成百万人却在大海死去

你和上帝是好友

你现在也知道它的意愿

这儿潦倒的约伯浑身是血

眉毛对眉毛与他相见

有个声音太强大了
也太容易听不见
听见的人可能都仇恨
但会照着每一个字做

如果没要你
蹲在死者头上
你该高兴，因为你聋了
而不是情况更糟

他会使它更黑暗
他会使它光明
按照他的《妥拉》
那不是莱昂纳德写的

彼得（2016 年 10 月 4 日）：

谁说我知道上帝的意愿？
我没跟他眉毛对眉毛地见面
从没机会瞥他一眼

现在也从无这种意愿

但我们这些在海港长大时
其他人在战争中挨炸的人
还是能自由地选择声音
让我们成为我们的声音。

莱昂纳德（2016 年 10 月 4 日）：

这挺好玩。
好好过，朋友们。
大爱，
埃利泽

莱昂纳德（2016 年 11 月 6 日下午 3 点，回复彼得和 S 的照片）：

应该赐福于和平的缔造者：他们应该称为上帝之子。

"笔记本"

节选

但时光太长

一切都走得很久了
那时，我有一份诚实的工作
那时，安妮叫我"亲爱的"

* * *

我不想跟晨光
打招呼
夜晚像这个样子
在我的心灵中
饶了这些阴影吧
它们爱上了阴影

* * *

总有一天你会倒下

255

倒进野蛮的拥抱中
抱住那个转过身去的人
这样他就看不见你的脸

你不会知道你是谁
你不会知道他是谁
那里也没人知道
野得像这样的爱

他不会在那儿，在你前面
他不会在这儿，在里面
心不会有边
皮肤也没有疆

他不在那儿，在你前面
不在这儿，在里面
心无边
皮肤也无垠

我们分开时

月亮满了

我的渴望

把你的手

绘在满月上

如果你借着烛光看这首诗

趁着写诗时

如果你独自一人在房里

像我一样

你就会知道我爱你

亲爱的遥远的妻

没有形体的恐龙

恐龙不知道我们的酷评
在夜晚的田野里
放牧着星星
我没有剩余的忧伤

我已疏忽你很久了
但我疏忽自己更久

今天晚上永远也不会结束
早晨一来，就会把它冲走
用阳光和喧嚣

我没有剩余的忧伤
星光太暗淡，点不亮夜晚

我没有忧伤

可留给恐龙

它们在夜晚的田野

放牧着星星

*　　*　　*

我爱我的朋友

我跟他们说话

成小时、成小时地说话

于是我开始

想要变美了

于是我变得

仇恨他人之美了

记住哦

妖怪

并非总是很美的

259

* * *

于是这儿有一个声音

我已经听了

很久

它说：G-d 啊，我爱你

它说：孩子，我也爱你

* * *

2000 年 5 月 17 日　星期三

谢谢你用你对性

和男人的仇恨

以及你醉酒的吻使我兴奋

这就像有人

想生吃我的声音

像生吃活的牡蛎

这是关于装在一只
崭新袋子里
带回来的西藏童话
为的是吃完你的晚饭

我要你，一直要到
痛苦的底
你的呼吸就像陈尸所
你的肉体解开了
你的汁液流走了
我还在筛选
你无聊的谈话
找痕迹、找暗示
看你是否渴望地
想过我
但什么都没找到

谢谢你，希瑟
谢谢你把我弄兴奋

一会儿后我放弃了
不想再满足你
我只想在任何情况下
把东西塞进去

自尊、温柔
每一个假面都撕了
只是饥饿伸出了臂膀
谢谢把我弄兴奋
只是为了进入你
只是想知道
在极小的那个尺度里
我们相聚
在一个世界里

262

谢谢你，亲爱的

把我关掉

又把我开启

谢谢那个无名者

也谢谢那些很多很多的无名者

*　*　*

2000 年 8 月 5 日［?］星期五　洛杉矶

我要你爱我

我需要你爱我

我非得要你爱我

但我说的意思是

我指的人是

我还是漫无头绪

只知道我孤独

要有也只有你

* * *

2000 年 8 月 7 日　星期天早上 9 点

如果他们从未比赛

那怎么知道比分

别去威斯蒙车站了

那儿火车早就不再运行

东京的子弹火车

单轨铁路

TGV [1]

这些东西会告诉你

交通是做什么用的

~~~~~~

1　法国高速铁路系统简称。

但别去威斯蒙车站了

那儿火车早就不再运行

你父亲知道的那些故事

＊　＊　＊

8 月 11 号 ［？］星期五

我带着忧伤来看你

我答应明天还有更多

你说：来看我时带面包来

我说：主啊，我是受害者

我没法谋生

你就是因为这才用死人来雇用我

＊　＊　＊

她从前爱我

我只是在引用她的原话

她现在走了

我感觉安静得多

没有美

但我也不

孤独了

*　*　*

他没鲍嘉瘦

也没艾伦·拉德矮

但他唱的歌会永恒

有些歌已永恒

我本来可能成为黑桃 A

如果我是黑人的话

266

我本来可能成为和平王子[1]

但耶稣要回来了

我本来可能成为选美大赛王后

但我毛长得太多

我本来会站在摩西站的地方

但他已经站在那儿了

我本来会成为百万富翁

但金钱毁了我的一生

我本来会成为主人 [？]

我不要你的妻子

孩子时我做了个梦

要以最崇高的名字说话

搜集许多破碎（高尚）的心

拿回家里去 [？]

对我评头品足的那些人

~~~~~~~~~~~~~~~~~~~~~~~~~~~~~~~~

1　即 Prince of Peace，耶稣基督的另一种说法。

说话都比我甜言蜜语

对我评头品足的那些人

受过的苦使他们沉默寡言

评判的话是：别吱声，孩子

在大人的世界，别吱声

啊，我当时保持的痛苦沉默

预兆把吉卜赛人活活烧 [？] 成灰

铁丝把 { 忠诚的 }{ 寡妇? } 骑手割下来

每一个神圣的字都被扭转

为了服务于大脑的贪婪和消音

啊，我散布的痛苦沉默、痛苦安静

而每一个灵魂 { 法律 } 都被淹没

在毒潮之下，而现在，可恨

可厌之物涌起，要统治、要管理

灵魂的呼吸

可评判的话仍旧是：

别吱声，孩子，你太弱了 { 你太富有了 }，

你太年轻了

而这个世界来了，你我这样的男人，牙齿里有金，品味中有金，大脑里有金，沉默的伟大拥护者来了，空虚的传教士，于是有人说，于是有人说，什么都没剩下了，接下去什么都没了，在人类世界就要做人，要安静，而在我心中，我仇恨和平的这种巨大暴政。我听不见评判，我爱上了每一个爱上了我的人

*　*　*

简单的歌曲

人人都在歌唱

还有人说

给我们唱首《生来就失败》

接着赫肖恩拿起了

他女儿的尤克里里琴

于是人人都听

新闻

简单的歌曲，人人都在歌唱
我忘记了它们，我让它们走了
孤独人们的圣歌和祈祷

* * *

情况就要像这样了
坐在日内瓦的一家酒吧
要不就苏黎世吧
我也说不清是哪座城
卡洛琳娜、卡洛琳娜
我也说不清是哪座城

桥
这儿是个很不错的地方
他们不在乎你抽烟

人人在日内瓦或苏黎世

抽烟喝酒

卡洛琳娜、卡洛琳娜

我们还会

一起再聚吗

有时我觉得会

有时我觉得不会

今晚觉得不会

我觉得不会

卡洛琳娜、卡洛琳娜

在苏黎世或日内瓦

我觉得我们再也不会

相聚了

*　*　*

这一次，宝贝，得找月亮要了

得让彩虹马上把

财富送来了，不是以后送，不是很快送
如果下雨，雨水必须是银色的
得要抱在情侣怀里听雨
其他地方都不行。我什么都要
要他妈的整个十字架，而不只是一个碎片。
我不仅仅要踢，我还要球
如果必须是石头，那我要墙。

把我手套拿去
把我头盔拿去
把我皮带拿去
我的四十五转唱片
我要去的地方
不需要这些东西

你不必多说什么了
可以休息一会儿了
你要去的地方

没有话要说了

我的祖先们啊
我倾听过
你们在空中
的耳语
我听见你们
一上午都在聊天
半夜，我听见
你们的祈祷声

把我刀子拿去
我的银色子弹
把我身边的
女人拿去
我要去的地方
不能有她
我都没法

告诉她为啥

* * *

所有那些破碎的心
而事情一旦开始
你就没法停止

* * *

宝贝，我没法讲｛说｝
几十万重黑暗
转来转去地坚称
它们都是我的心
我没法谈天气
我觉得不会下雨
如果你问我怎样：
我没什么可抱怨的

你可以说
都已经写过了
但我没法读文本
时时刻刻，引我分心
引我分心的只有爱情

从来没见日子长得这么新
绿的这么绿，蓝的这么蓝
你把一切失去
为的是刷新你

我试着让现在愉快

大海肯定会分开她的唇
让寡妇观看

夜晚肯定

会再唱一首歌

大海肯定

会让那些男人淹死到不淹死

寡妇肯定

还会再给一个机会

给那个一直在看

所有船只的寡妇

晨光肯定

让那男人回返

还让那头狼回到

月光下去

月光肯定

捧住另一张脸

爱情的心被遮蔽

劳动的心也是如此

除了你能移动尘土

别的人都不能

别的事也不能

我叔叔和我朋友
的所有那些坏榜样
我还是没法对付
没法改错，甚至也没法改正
我都不知道
我做了什么

现在，博比把他的身体
留在了一家香港饭店
他甚至从不告诉我们
到哪儿去找它

我在找那根针
我在上下寻找
那根从前缝衣的针
缝补很久以前我那件多彩的外套

很久以前丢掉的外套

我现在已经

等了多年

等这样的

气候

等冷天

变得现在这样晴朗

结果甚至都没人

谈论春天了

早上的船到这儿来了

晚上的火车到这儿来了

玛丽安现在到这儿来了

又来跟我道别了

*　　*　　*

278

7 月 30 日　雅典洲际酒店

两天前的一个梦
一个凶猛的神穿门而入
差点闯破了门
我的房子好脆弱啊

*　　*　　*

2008 年 9 月 17 日

你这个被人
鄙弃至极的人
其 { 你的 } 兜里都是 { 充满的胀满的 }
但你却借债度日

对谋杀了你的 { 心 } 骄傲
的文化漠然置之

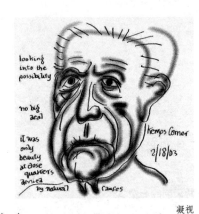

你在圣经中挑挑拣拣
想找个地方藏身

＊　＊　＊

10 月 16 日

要说的东西太少
我所有的预言
都要应验了
我老了
工作做完了
跟着，你开始
为我
在 Skype 上脱衣
我不得不重新
思考我的生命
这家饭店很好

凝视
可能
性

没什么
了不起

不过
是
近处的
美人
因自然的原因
而
无法接近
肯普斯角

2003 年 2 月 18 日

280

厚重的双层窗帘

一天任何时候

贴封条一般，让房间黑暗

我没事干时

就躺在床上

想她｛你｝

好像｛我｝在冥思

*　*　*

2008 年 10 月 26 号　日内瓦的化妆室

几天夜里之前

在一个梦中

你说："到洒满阳光的海滩

上来吧"

我以为你是说

"就我和你"

281

但结果

你却跟一个英俊的小伙子在一起

名叫柯蓝

而我，就像你说的那样

欢迎到"来吧"来

事情就是如此

* * *

11 月 28 日 ［？］梦布莱顿

汤姆·瓦伊茨在唱——我听见他了

我在剧院里——我为很多观众

作了一场秀

我的秀作得不错——我看不

见他——我在我的化妆

室——但我能听见他——

他的音乐开始了——实在太

美妙、原创，而且

老练——比我的好得

太多——杂糅了

刺耳和甜蜜——

现代和矫情全都

在一起——甚至还把"刻奇"

用得那么娴熟——要是我也能

这么做就好了——接着，他

唱了起来——真棒——

我下去听他唱——

估计会有很多人

在欣赏——但

他演唱的是小剧场

听众半满不满——算是

一种事后想起来觉得好像是

剧场的东西——我们一起离去

他伸臂搂住

我肩膀——他看上去

不错——有点疲倦——

老了一点——但还是能充分

把握自己

　　　　　　　*　*　*

我把孩子都给你了

你说他们都在挨饿

我把刀子给你了

把切的肉也给你了

从前我唱古老的歌

现在我唱旧的歌

从前我唱圣歌

现在我唱发霉的歌

老人坐在床上
把长筒袜卷了起来
我需要他们上我的山
我需要他们的空脑袋

去年你做梦
今年你杀戮
现在你成了你意志
王国的统治者

你的爱走到了小镇
那是你要她去的那些小镇
既然你自己派她去那儿
那就没啥可悲哀的

而未来的情侣们
我知道我做了什么

我在枪机里[1]

照镜子

是的，宝贝

你是红心王后

你拿走了我的指环

扔进了垃圾堆

那之后我一直

在垃圾堆中寻找

你要是自己

有时到城市垃圾堆中寻找

你会发现垃圾堆上

到处都是我的指纹

你的黑色西装

在我眼中闪亮

1　原文是"the gun machine"，英文似无此字，疑为把"the machine gun"（机枪）反过来的一种特殊写法。

就像甘草

你若体力不支

就会找到我

找到我跪在地上

第五大道是一条印度小道

所有这些都是树

这就是你要的方式吗

是你选择这么坠落

如此没有威严吗

休息一下吧，朝圣者

我一直在夏天的地方

你头发中的水晶透露

你的路穿过了冬季

她电影中的划痕

就像孩子画笔下的雨水

冲着自己微笑，为了自己微笑

她自己的历史
她自己的祖母
记起了她嘴巴
不受腐蚀的公式
在一九六七年

你拿去了我的爱
扔进了垃圾箱
之后我一直在
橘子皮中翻找
如果有时你碰巧
来到城市的垃圾堆旁
你就会发现它
盖满了我的指纹

*   *   *

星期六早上

树叶闪着光

我小小的疾病

正攀爬上手柄

星期六早上

以及莫斯科的废墟

以及黑暗的水泥

都在抢我的工作

星期六早上

我坐在桌边

写

《歌之塔》

星期六早上

我什么都没发生

什么都没发生

没有什么错的

我的所有秘密

都跟枕头讲了

就像魔城歌里唱的

那个青春少女

而我在燃烧

我燃烧着想紧跟

我的一个个秘密

来到死亡之城

就在小镇边上

星期六早上

我当着鸟的面

所说的东西

打断了我的思路

我想起了威斯敏斯特房间的一个

房间

跟一个以为自己很性感
来自地狱的女人

星期六早上
我 { 你 } 能等多久
事情已经清楚
你在为你的恐惧服务
你在爱
你恨的一切

星期六早上
在美妙的窗旁
棕榈树一棵棵的
在给风搔痒

星期六早上
别放弃你的勇气

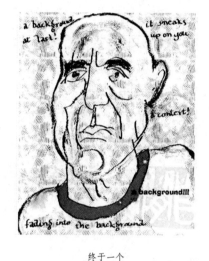

终于一个
背景了！

它偷偷
向你袭来

一种语境！

一个背景！！！

淡入背景

就那么呼吸吧

最糟的肯定会过去

可你瞧：它又回来了

我在你送我的书里面

写字

我很高兴的是，我们从未

做爱

"笔记本"手迹

＊　＊　＊

我把一根针钉进你足迹里

让你步履蹒跚，让你走路发昏

我把这一切都盖起来，用的是

某人昔日蜜月的一个细节

没人给你打电话叫你

没人给你打电话除了我

要你的人都不要你
要你的除我没别人

我失落在大海的一只贝壳里
我被锁定在昔日的一次蜜月里
你把一根针钉进我足迹里
你用一首曲子追我

我把一只贝壳钉穿了大海
我被锁定在昔日的一次蜜月里
我在你足迹里留下了几滴雨

你把文字和曲调送给了我

失落在一次魅惑中，我开始
把自己变成骨头
锁定在一间房里，用的是
某人昔日蜜月中的细节

"笔记本"手迹

失落在一次魅惑中，我开始
把自己变成骨头
你知道我不过是很多人中的一个
希望你别觉得我很寂寞

要你的人都不要你
要你的除我没别人
月亮在后面追你，亲爱的
它漫游着离开了大海

"笔记本"手迹

＊　＊　＊

我的心啊
我寂寞的心
多甜美
你唱得多甜美

294

我知道你

在撒谎

但我

从未因此而叫你。

我跟我兄弟

讲了我听到的

他哭了起来

我跟我妹妹讲了，她耳语道

"嘘，宝贝睡着了"

我跟主的天使讲了，

她们用光明覆盖了我

我跟我心讲了，我的心说：

"今夜要静静地陪我"

* * *

2005 年 10 月 10 日

把我排在你所有的历史之外
我没事的

我跟气候一样耐心
让我变我才会变

谢谢你
和蔼、好客
我的心很轻
当我回忆起
我们在一起的岁月

好像你曾想起
你当过什么
老师似的

那个愚蠢的想法
何时扎下根的？
那时你是否没有抵达她的
其他方式？

*　*　*

2005 年 11 月 1 日　钟楼

我刚回来道别
是的，是的，我们赢了
肉体堆起来了，有潮水般高
其实并不那么好玩

几乎天天都在下雨
我们来这儿是因为太阳
我们在洛杉矶出了那场地震
其实并不那么好玩

2005 年 11 月 6 日

我不比任何人差
但我永远都不是最佳
我又老又没钱
因此怎么也睡不着

你可以说这是运气
好也是它，坏也是它
但你并不会放弃
当你的心已死

它非得让你发疯
当你不再有钱
或不再青春

没法贿赂裁判

＊　＊　＊

2006 年 4 月 8 日　多伦多苏豪大都会酒店

甚至都没法跟你系鞋带
我往旁边看
大声叫你

一只老鼠
带着两根火柴
和一只瓶盖
为我充当
鼓手

我独自唱歌

299

一整个上午

对我自己唱歌

唱的是瓦内莎

我曾 { 一度 } 猛吻过你

好像我还年轻

你心也真好

假装我真年轻

而且总是在那个房间

那个窗子那么宽敞

外面什么都没有

里面也没一个人

故事已经写好

签好字、封了口

你给了我一朵百合

现在已开成一片田野

我不知道发生了什么
但谁又能猜得出来
你会在那天夜里出走
让大家不明所以

你干吗不告诉我
说你非走不可
啊，崇高的离去
在沉默和悲痛中

*　*　*

2006 年 5 月 27 日

我亲爱的朋友
还跟我在一起
她的嘴唇几十年

都无法修补

我的舒适在
即将到来的黄昏
这时手感觉不到
但记忆定能察觉

我的舒适在
腾起的灰尘中
这时手感觉不到
因此记忆定能察觉

这时肉体没法做
记忆必定想起的事
皮肤的刺激
在记忆的信任中

即使在这儿

即使在此时

我没法后悔

也不知怎么后悔

这时嘴唇无法啜饮

因此记忆必须

你要活下去的意志力

实在是太强烈

你把它减量

这没有意思

当生活以哈欠

背叛了你

你把它减量

免得它继续

我没法回望

否则就会跌跤

时光是好的伎俩

会把一切倒转

免得苦难 { 折磨 } 带上

狞笑

一具具肉体撕裂

最后是无聊得胜

你把腐烂的木头

切除

任何细心的园丁

都会这么做的

你守信用

也守住你最深的关切

冬天很冷

木头烧不着

你守信用

也守住你最深的关切

操这座山谷

操这座山峦

这儿什么都不起作用

永远都不起作用

操我们睡的

这张床

床上没有一样东西

能让我产生感觉

宝贝，你已经走了很久

但不安时又回来了

你还把我的心抵着

你燃烧的唇

还跟我说我的爱
已经经受了考验

你其实从来
没把我打败
但你不时地
威胁
你有六英尺二英寸高
而且还会更高
而我只有五英尺
七英寸高

* * *

得生活一段时间
再去死

很平和地

在核磁共振成像里

今夜已经满月

要是看得见就好

花园里

满满的是香气

要是闻得出

就好了

每次只要我试着讲话

话一出口就不对头

无论试着讲什么

听起来都好像在说这：

你永远永远地走了

而且是用你自己亲爱的手

* * *

当我跟蛇学习

对树唱着忏悔歌

试着从任何人手上领圣餐

到处都能找到老师

打扮成各种样子，坚持要我

天天站着

听他们讲话

因为可以揭示神秘

同时人人都搞得很嗨

女侍者来自纽芬兰

她说她认识大海

我带她去寂寞之旅

直到她把我甩脱

哦，亲爱的，你在等

某人的孩子
他曾一度自由
但他现在野了

既然你现在计划要
追随太阳而去
像一只只鸟影
或在逃犯人
你过于轻装上阵
想游过一片片海水
你想法也太深沉
微笑却过于狰狞

你没有遵守你在
谷仓许下的诺言
你当时一夜都发愁
同时生出了杀手
你父亲哈哈大笑

给你倒了点酒

这时你关上大门

躺下拉起了窗帘

你没有遵守你

咬牙许下的诺言

那时你看着文字终结

照片都在流泪

火车开走时

也无人责怪你

拉着满车大雪

把它当成玻璃镇纸

你没有遵守你说

你要遵守的诺言

但段落要结束

图片要流泪

就像圆圆的镇纸中

发出的风暴声音

却无人责怪你

而火车正在开走

就像圆圆的镇纸中

发出的风暴声音

*　*　*

诗之后

更静了点

我想象中等

我的人

睡得很熟

埃尔默大街上的玛丽安

忍受着我的仇恨

直到仇恨生锈

为我命的名越来越高

直到我视域越来越开阔

311

到足够爱她的地步

湖泊的主人

在你肩头

制造了瀑布的雾霭

而你来到我身边

乳房柔软得像沙

硬得像蜗牛壳

交通的主人

亮着水晶般的大灯

不停地跟着你

而你来到我身边

带着一滴滴树液

小而快地吻着

农场院子的主人

把新生的动物

拴在你长腿上

我们在盐田上

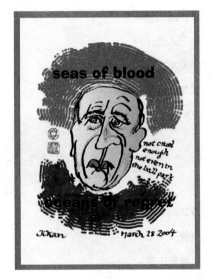

血海

还不够
残酷
哪怕在棒球场
也不够残酷

后悔的大海

时间
2004 年 3 月 28 日

分睡，一睡就是几个世纪

* * *

她把电话簿拿过来

黄黄地抵着她的绿袖

和她穿白衬衣的胸脯

她站在门道

跟工程师讲话

在我们中间，她最宠他

她走后，他身子往后一靠

重新点燃一支墨西哥雪茄

谈起怎样用牛奶

混合伏特加

此时，我的歌在大喇叭里播放

真实得就像任何

使你做梦的东西

313

你因更大的办公室

而受过罪吗

你背叛过你的痛苦吗

这痛苦的目的

就是为了让你来到这儿

来到这座祭坛、做这次献祭

这些慈善的镣铐

一路来找我们吧

等巴士

孩子都走了

没希望，但互相在一起很甜蜜

some call it
the sap,
some call it
the blood

有些人称这个为
树液
有些人叫它
血液

* * *

圣诞节

我一人坐在这儿

我知道，我知道

不应该这样

一直在跟人打电话

但人人都出去了

而且我还一直在向那个这一切

都与之有关的人祈祷

我不知道怎么走得这么远

离开了所有我爱的人

也不知道为什么关了这么多扇门

我在想些什么

if, this
morning,
you even
dare to
speak

假如，今天
早上
你竟
敢
说话

*   *   *

别带着你的聪明主意

到我这儿来

别跟我谈

这个

或其他任何城市

的鲜花
你的聪明主意
很伤我的眼睛
我也不爱
你的橡胶管子
手铐
或厨房椅子

* * *

因为我在人世做过的任何事
都比不过
跟你一起
在乳香田野里躺下

* * *

2012 年 3 月 4 日 [？] 星期一　屈里曼房前草坪

宝贝，别提醒我情况是怎么样的

我唯一关心的事

不是钱

不是名

不是家庭

不是艺术

宝贝，别提醒我错过了什么

宝贝，别提醒我错过了什么

我远离这一切，已经驱车走了一千英里

　　　　　　　　*　　*　　*

2012 年 4 月 8 日　屈里曼房前草坪

来呀，麻烦兄弟

你要走时

偷了一把钱

我想，那就这样吧

* * *

2012 年 5 月 22 日　屈里曼　星期二下午

麻烦跟我而来

从一张床到另一张床

无论爱引我到哪

我就在那把帐篷扎下

无论我在哪儿

吃睡

麻烦跟着我并 { 尾随我 }

从一张床到另一张床

318

无论爱引我到哪

我就在那把帐篷扎下

麻烦跟着来了

从一张床到另一张床

美人儿逃逸之后

我也走掉

美人儿消失后

其他一切也都死了

我太清楚

摩西说的话了

我绝对不能

去触摸死的肉体

美人儿消失后

剩下的也都死了

我很努力地去做

很难做的事情

从露面

到爱你

而爱你

那是个婊子

我的自我防御

已经变得富有

想一次性买下

你丑陋的贪婪

买下你需要的

所有操蛋东西

不使我们感到无聊的唯一消息是真话

但宝贝，你就是不讲真话

你不想买的唯一物件是爱情

但人人都在卖这东西

光滑的银色钢笔

应该用来在太空
倒写
在那儿，我其实不想
写任何东西

*　*　*

2002 年 7 月 10 日

所有的树叶都在闪耀
所有的小鸟都在歌唱
所有的风都在吹
所有的铃声都在响
请别让我再说一遍

我以为我会独自走的但
我很高兴跟你一起来了
这是一朵玫瑰

这是一棵仙人掌

两者都一样

但也都不一样

*　*　*

我要试着回家

一旦做了必须做的

但那是啥，请告诉我

请告诉我是啥

我忘记提到

月亮和树木

以及我们血管中流动

杀气腾腾的血液

我忘记提到

黄金的支柱

May 22, 2012   Tremoine   Tuesday afternoon

the troubles followed me
from bed to bed

i pitched my tent
wher'ere love led
no matter where
I slept and fed
the troubles followed me   taled me
from bed to bed

I pitched my tent
where're love led
the troubles followed
bed to bed

I moved away
when beauty fled
with beauty gone
the rest was dead
I knew too well
what Moses said
I must not touch
the body dead

with beauty gone
what's left is dead
I tried to do
what's hard to do
from showing up
to loving you

"笔记本"手迹

323

以及指甲拉动

地牢中的尖叫

我忘记提到

心中那块空白

那儿什么都没写

计划也都崩溃

我忘记提到

没铺的床

以及手柄上挂的牌子

上面说：请勿打扰

我忘了提到

我的头皮

一层层的，把我脸弄得凌乱

就像一张没铺的床

你爬上你的梯子
谣言和谎言的梯子
你 {奴隶} 为主子干活
为你鄙视的主子

你还冲着主子挥手

你对你的才华
从来打磨得不够
你只满足做个
粗粗糙糙的钻石

我是个怯懦者、失败者
羞于自己 / 羞于别人发我的牌
我的卵子太大
皮带都扣不起来

我 {发誓} 要努力完成

否则就会太迟

我甚至都无法找到

来自 G-d 的使命

我好像都无法找到

你在地上跪下来吧

这个不可能过去

你要祈祷，没有神祇

来惩罚你的屁股

我呻吟 { 夸口 }、我埋怨

说发给我的牌不好

而我的卵子太大

皮带都扣不起来

没法照镜子

心里燃烧着羞耻

但我还是喜欢夸口
我总是走在前头

我已厌倦了女人
我也信不过男的

我要尽量回家
一旦事情完成
但我甚至都找不到
那件了不起的任务

我要努力完成它
如果不太迟的话
那使命、那神圣的使命
但我甚至都找不到
我找不到

你把工厂送人了

你把我工作送人

你说这是为了将来｛更好｝

你说，那么，帮帮我，上帝

你说，总有一天我会感谢你

永远也不要给人惹麻烦

但恐怕得要开始了

你把将来送人

你说我还得等

这是为了更好的将来

但将来已经有点迟

我明白你不相信我

无论我做

什么

我手放在

母亲的坟上

但这对你来说

还是不够好

我试过

我不知道为什么

我不管为什么

放风筝

没风、没线

比"没什么可失去"还要糟

没汁液可绝望

没心可忧伤

我在风中试过

我在沙中试过

人变成了蛇

就在我眼皮底下

我试过仇恨

我试过原谅

我试过，宝贝
我试过活

我试过死
我试过活

* * *

哥本哈根
哥本哈根
8 月 24 日
2012 年
510 号房间
第一饭店

红房顶
被雨弄暗
而寒冷

"笔记本"手迹

的永恒的开始

＊　＊　＊

野战司令科恩受伤了
说是因年龄或爱情
他谢尔曼坦克的炮塔
滑滑的都是鲜血
这个伪装成道士
但却是一百个情侣的人
正向一群苍蝇
讨一杯水喝

我是歌，不是唱歌者
把他肉体拿去
把他精神拿去

不是边界

331

不是中心

省下你的愤怒吧，天使们
日子马上就要来了
这时地球就会成为
一面镜子
太阳将成为一面蛛网
月亮将成为
一只蜘蛛
来到近前

叫他迪伦
叫他耶稣
叫他洛克菲勒先生
我要抵达人民
主人抵达不了的人民

*　*　*

也许明天会更好
旗帜又升起
为了妇女姐妹
为了男人兄弟

* * *

只是为了呼吸空气
啜饮我俩在一起的
罕见蜜汁

为了送你一本书
你好沿路走时
阅读或不读

* * *

所有的灯光
河上所有海水破碎
的灯光
饥饿者所有的无韵思绪

* * *

看看我吧，我很寂寞
我不是任何人的傻瓜
我不是任何人的傻瓜

我感到了一个女人的在场
那比体验还要深刻
不像我离开的任何人
或我想象的任何人

* * *

我发誓，我要忠诚于

我穿的制服

我敬礼的旗帜

我誓言的许诺

我要尽量地尽职

像以前做过的那样

但我没法抱住你，宝贝

再也没法搂在心口

我知道不是我们就是他们

在男人称之为现实的世界上

一朵鲜花需要一根茎杆

你没法培植这些金花

如果茎杆不是钢铁制的

尽管茎杆是钢铁制的

当杀手出现在门边

也不能怪你太残酷

但我没法抱住你，宝贝

再也没法搂在心口

而我在这儿，就在你的安全
和门口的杀手之间

＊　＊　＊

我感激不尽地
低头
对着那些曾给予
给予得那么多的人
这样我就可以写作
我的日记了

我思，故我在
一直写到那儿，还有
玛丽有一头小羊羔

* * *

你叔叔站在一摊血泊中，深齐脚踝
终于叫道
"我不太在乎这个电影
但爆米花却无与伦比"

于是确立了你渴望
掌控的恐怖

* * *

当我看到
手变成
爪子
有多么容易
我就开始明白
对于法律的学习

这就是我们
带给科学的东西

实验室的
缪斯

有些人有忧郁的情绪

有些人没有

有些人没吃的

这就是事实

我没说这是新闻

我没法不告诉你

就悄悄溜走

说我在希腊死了

埋我的那个地方

把驴子绑在

橄榄树上

我要永远都在那儿

我要对你们所有的人

一起吃过鱼

碰过杯

走之前

没说一句话的人

说一声哈啰

从来自那个

活在你们中间的陌生人

*　*　*

树木从夜里

跨步朝前

一只寂寞的鸟

在石头般灰色的 { 雾霭 } 黎明

磨亮她的歌

*　*　*

她的面包很甜

是她自己在海上一座山

的炉子里烘焙的

我打造的一只炉子

这打造花了我几个月时间

去年我和她住在一起

我们基本无所事事

只是保暖，只是靠近

我们看着穷人和富人

不同的帆船

来自小海湾的旅游者

和来自直布罗陀的 [?]

我们看着他们

然后看着来自黎巴嫩的烟圈

因为我们基本无所事事

所以我们对人人都挥手

那天夜里

她从很远的地方打电话给我

她在一家私人俱乐部工作

她并不在乎这种生活

她本打算只谈三分钟

趁他们放默片时

但我们不太忙

因此一直谈到天亮

她问我是不是很忙 { 开心 }

天气怎么样

大家都没做什么

所以一直谈到天光

所以耳语了半个晚上

我没做什么

天气也不错

天气一直都很不错

有天晚上

她从很远的地方

给我打电话

她在一家花花公子

俱乐部工作

她不在乎那种生活

她问我是不是很忙

天气怎么样

我跟她说，我爱她

天气也还可以

有天晚上

她从很远的地方给我打电话

她在一家私人俱乐部工作

她不在乎那种生活

她问我是不是很忙 { 开心 }

以及天气怎么样了

我没干什么

她花了一整个星期的薪金得知

天气一直都很好

天气一直都很好

我知道你能爱我

只要你肯一试

我杀了你兄弟，这是事实

还瞄准了你眼睛

但水轮子上

只有水滴

把你精力都存起来吧

告诉我你感觉如何

你的歌很悲哀

希望你都唱出来

你的诗很长
希望你都带过来
就放我桌上吧
我把你名字放在亮处
为你自己挑个女孩吧，我能
不能建议找个穿紧身裤的

*　*　*

你起先是个刮净脸的傻瓜
你现在是个留胡子的傻逼

*　*　*

旧法律是什么意思
干吗旧法律要把
何为洁净、何为不洁
分得那么清楚

肉体里的符号
已经赋予了你
这样你就知道
你们何时可以
互相接触

我把这点
写在边界线上

是谁在坚称：　　我们依然　　　　其实无话可说　　我们知道
　　　　　　　　在吉他上　　　　　　　　　　　　什么好
满月必须　　　　到处移动　　　　结舌
新，新月　　　　　　　　　　　　被　　　　　　　我们热爱过去
　　　　　　　　　　　　　　　　　　　　　　　　爱得像你
应该满呢　　　　　　　　　　　　某个　　　　　　一样多
　　　　　　　　　　　　　　　　像你
　　　　　　　　　　　　　　　　一样的人　　　　我们热爱过去
　　　　　　　　　　　　　　　　　　　　　　　　爱得像你一样多

我不谈罪孽　　　　　　　　　　　如果我们没法说
只谈准备就绪　　　　　　　　　　那就让我们的符号　　2003 年 12 月 14 日
殷勤好客和善于克制　　　　　　　替我们说吧

346

的智慧

*　*　*

你永远也不会明白

你不需要明白

你不应该明白

做男人是什么意思

为何要产生这种压倒一切的爱

要感到如此别扭

如此硬汉

要知道这么说

还不够：我要你，宝贝

我要你

鼻子里呼出要死的气息

*　*　*

1989 年 8 月 21 日　秃头山

我坐火车
但又不敢
真看别人
一起坐车
有的穷、有的富
有的黑、有的白
在我秘密的生活中
我不知道，什么是什么

我永远也不能够
生出一个小孩
从我的肚子，生到摇篮里来
那要是发生战争怎么办
要是打起架来怎么办
那就没有 { 更好 } 看
永远永远都没有了

348

什么都没有

男人和女人在一起

好

*　*　*

迦南的夜晚真美

你要在我心中住多久啊

啊，家乡

睡吧，我亲爱的姑娘

一位少女在期待她的情侣

她躺在床上，听

火车的声音

在绿林的树下

两个男孩坐着，在聊

一个女佣，对他们

来说，别的一切都不重要。

349

我改变了我的住处
改变了我出没之处，还
从一国漫游到另一国，

小小的沉默，其
名叫阿比夏格

我母亲的神圣之手
在缝补我的衬衣。
到我身边来吧，要不就让我等着
我再也不在乎了

我等得像一个月
我等得像一块石头

我侍候过一根羽毛
我侍候过一场风暴

我等得像一座大山
我等得像一扇小门

我侍候过桥梁
洪水冲垮的桥梁

我等得像新郎
手拿另一个男的花束

我等着你的美
被送给雨水

我站在我的泪水 { 忧伤 } 外面 { 那一边 }
像雨中一尊雕像

我折叠 { 起 } 我的心
用你的爱把它切了

351

一连串纸的玩偶

我正站在这儿
在睁不开眼的光亮中
我不知道怎么办
我全身都是裸的

我正站在这儿
在睁不开眼的光亮中
我来到了线路的终点
我的全裸大声呼叫着要你

呼叫着像一个醉鬼
要他那瓶葡萄酒

我正站在这儿
在睁不开眼的光亮中
我不知道怎么办

睁不开眼的光亮
是我的失落

当我离开你的时候

睁不开眼的光亮
当你在夜里被熄火

宝贝啊，原谅我
原谅我做的错事
原谅我说的
错话
大声呼唤，像个
被活埋的男人
像死人
喊出的声音

原谅我对你做的错事

她受着
光线
的
保护

353

原谅我说的错话

我的心、我的灵魂

还有我的全裸

大声呼唤，渴求慰安

大声呼唤，像个被活埋

的男人

像死人

喊出的声音

所以，咱们别把过去撕开

我们从一开始

就分享了黑暗

我是个坏婊子养的

我生在圣经的心中

我也知道神圣的声调

我可以把纸翅膀卖给天使

我是个坏婊子养的

就是送我莫斯科的所有茉莉花

我也不

就是让我听纽约的所有音乐

我也不

就是送我布鲁明戴尔百货店所有的碎心

我也不

就是送我长岛所有的电话

我也不

就是送我伊斯坦布尔所有的蓝色

我也不

就是送我布鲁明戴尔百货店所有的鞋子

我也不

就是送我黎巴嫩所有的破衣烂衫

我也不

就是送我巴黎圣母院所有的蜡

我也不

就是送我耶路撒冷所有的书

我也不

就是送我一个夏天所有的玻璃冰

我也不

* * *

你形象高大

你坚贞不屈

但我知道你心情不好

很容易就看出

好女人的爱

是你从来没有过的东西

所以我准备可怜可怜今夜的男孩

我准备给你行行好还要把事做对

我准备让你吃饱

我准备让你上床

跟着我就准备让你发狂

* * *

不知道你在看谁

肯定是别的人

我在这儿就一分钟

然后就去别地

我在跟自己聊天

我住｛到访｝在诊所

只是在跟自己聊天

我在这儿就一分钟

然后就去别地

别叫"治愈我吧，主啊"

主已经没落

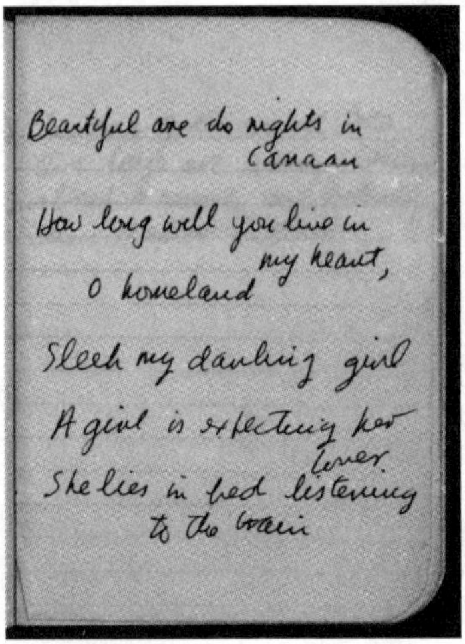

"笔记本"手迹

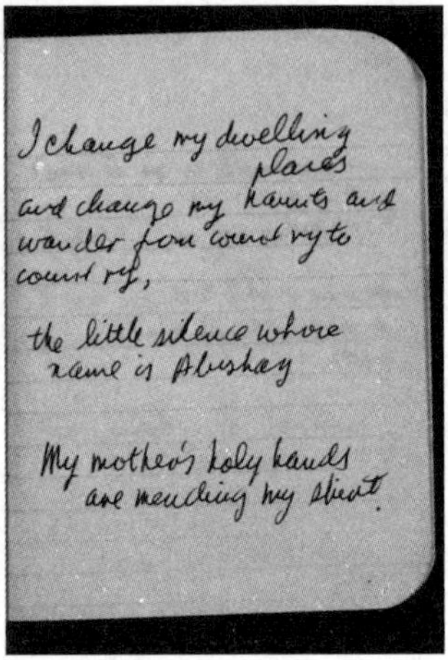

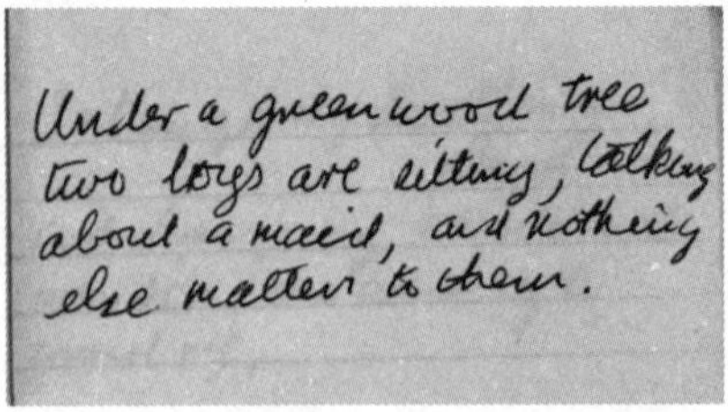

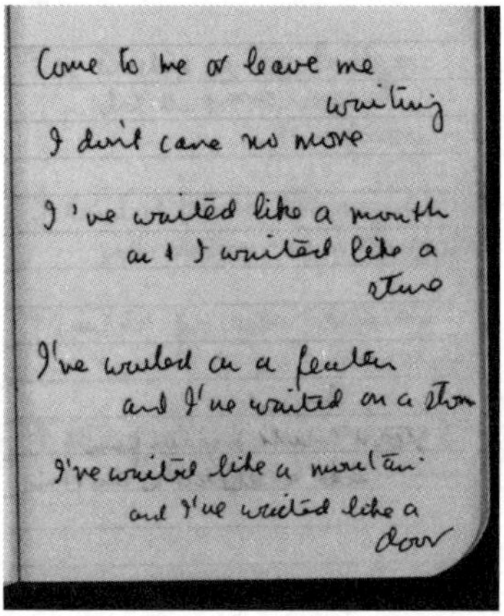
Come to me or leave me waiting
I don't care no more
I've waited like a month
and I waited like a stone
I've waited on a feather
and I've waited on a stone
I've waited like a mountain
and I've waited like a door

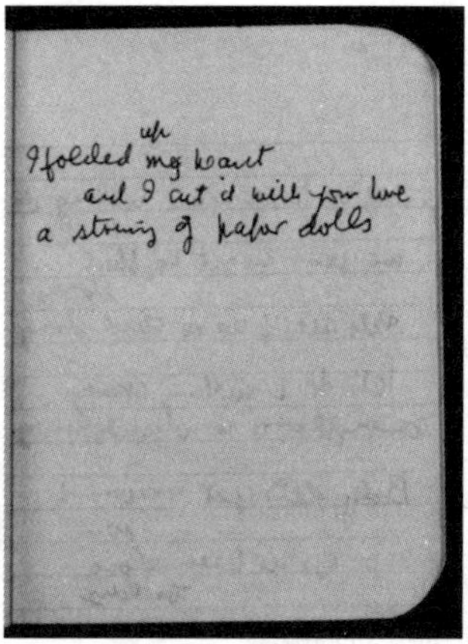
I folded up my heart
and I cut it with your love
a string of paper dolls

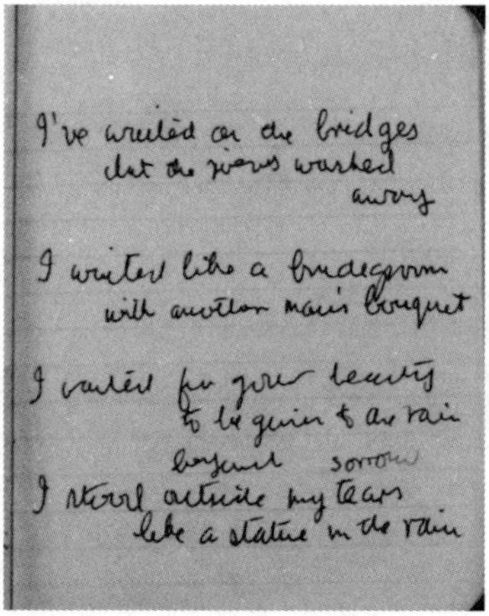
I've waited on the bridges
that the waves washed away
I waited like a bridegroom
with another man's bouquet
I waited for your beauty
to be given to the rain
beyond sorrow
I stood outside my tears
like a statue in the rain

“笔记本”手迹

治愈主吧

所以我的孩子都来了

都供认

我们多时

主就少了

我再也没法假装

我是你挚爱的男人

我再也没法假装

我真的很他妈在乎

想逗你笑实在太难

想让你卧倒也太危险

你有爱情

你有性欲

你没有什么可失去的

你脑子里

还有死亡

就像树根

你有东西
乱糟糟的
你无人可选
你胸上
有乳房
你是头野兽

我从没回去
我从没回家
我等了一夜
等着你回家
或像你的人
我没法接触

我不知道明天
但知道要来的是啥

初次见你时我一文不名

离开时我不名一文

我活着时没法做

但我要带着死时的呼吸

爱你

我来这儿是为了治愈

那你呢？

爱的神祇一文不名

恨的神祇也是如此

每次我摸你

哦哟哟，哦哟哟

那天晚上你让我摸你

我以为我要死了

我真的不太确定

你会让我进去

但我觉得定的规矩

有点模棱两可

如果我被发现

可以为我的在场找理由

房里有张窄行军床

靠近门边

床单都是新换的

还盖了一床轻便毯子

我舒服地钻进

被窝里，开始仔细

听年轻女人

对她的疗法专家

告白

我不记得她说

什么了，但她突然

停下，说：

"莱昂纳德·科恩在听

我们说话"

入夜了、下雨了

可比萨饼却始终没来

我烦战争

我烦和平

难道他们想不出别的东西

       *   *   *

我是创造的礼品

戴指环的女人是一件礼品

在私人清晨池塘里的第一次

浸水，这时你沉下去了，就像

鱼钩，穿过一层层

自恋的镜子

364

啊，上帝，在我心里

改名吧

但椅子

从前是草现在

是黄红色的塑料

编织体

外面锡桌

新的蓝色桌面

刚上的油漆！

今天不行

我在这种确信中跪下

          *   *   *

而你把你的无号

婴儿放在

等待名单上

长夜寂寞
与主的天使在一起
我把爱情之书放到一边

从未想过
死亡的
年轻舞者
和那些躺在
从未想过死亡的人
怀抱中想再次
撒谎的那些
年长者

我眺望外面的山腰
全是银色，全不作声
其美色已在空中签名

跟着，夜来了，偷走了
我们感情的形状
整个世界都在火中烧化了
我在这儿，终于在这儿了

*　*　*

就像大卫弯下腰来
在爱情的黑暗中
我喊着你的名字
我要结束
心都无法﹛承受﹜的
心的重担
绝望的骄傲
结束这种羞耻

致绝望的领域.

就像大卫弯下腰来

在他一切绝望的床上

我现在来找你了

我喊着你的名字

我要结束

心都无法承受的

爱的黑暗

心的重担

结束这种羞耻

就像大卫弯下腰来

在他爱情的黑暗中

我冲着你呼喊

{ 从 } 绝望的地方

我叫着你的名字

我还要结束

心的重担

368

就像大卫弯下腰来

冲着他爱情的黑暗

以他的尘土王国

以他的绝望皇冠

以夜的无望

以他祈祷的无言

就像大卫弯下腰来

在绝望的领域

以夜的无望

以他祈祷的无言

他现在来找你了

他在喊你的名字

他要结束

爱的黑暗

心的重担

结束他的羞耻

从战场的两边

从自由、从爱情

就像大卫弯下腰来

冲着他爱情的黑暗

下面没有河流

上面没有光线

而他喊着你的名字

从绝望之处

从心的负担

{从他的高处}

{沉重的链子}

说他不会修复

羞耻{心}的担子

那就在那儿，那就在那儿

{为了爱的黑暗}

为了羞耻

而这是他的心
所无法承受的

就像大卫弯下腰来
在爱情的黑暗中
没有王国、没有皇冠
上面没有光线
而他喊着你的名字
从绝望之处
从心的负担
而这是他的心
所无法承受的

而他喊着你的名字
无心祈祷
无心承担绝望之处
羞耻的担子

无心承受心的负担

它在那儿，它在那儿

无心承受心所无法承受的

羞耻

我是我这一代

的光明

以及收音机

以及冰箱

下面没王国

上面也没皇冠

而他喊着你的名字

从绝望之地

从心的黑暗

而这是他无法修补的

任何修补都无法修补

因为有羞耻的担子

它在那儿，它在那儿

因为有心所无法承担的

羞耻

看看他怎么醒来

看看他怎么说话

看看他怎么试着向主举起手来

世界开始等汝

这都在我深深的心里

就像未创造的天使看见了

永恒的不在

世界开始等汝

这都在我深深的心里

一种只可能是永恒

不在场的渴望

就像大卫弯下腰来

在羞耻的黑暗之中

我现在来找你了

我喊着你的名字

没有希望过这一天

也无心做这祈祷

请把忧伤忘记

的名字翻新

请再说话

并把创造升起

请把名字翻新

并让你的歌手站起来

于是一种痛苦的沉默嘲弄着

所有思想的议会

我再也不想在
这儿了

而沉默在周围
聚拢，嘲弄
所有思想的议会

在这儿找到我吧

我没法大声呼喊
我没文字
而在这个地方
以前从无人听见我

在的不在中
人类的行动失败并腐烂
围绕着思想的议会

假装像一个男人

站在这个地方

这儿没有光明

也没有一张脸

如果我对你说话，如果我试图

只说一句，每次只呼一吸

如果我在字缝中倾听

如果我走得很慢，

你会来这个，你为我

怀疑劈开

之地吗

如果我说话

我求你来这个地方

我求你

以我所能支配的所有丑陋

我献上我的头痛

以及我同谋的梦中女人

我以我的头痛求你

在我的右眼里

我以那只选择了

我嘴唇施肥

的苍蝇

我以有关肥料和失业

的有趣新闻求你

你在那儿保存什么,

你把对黑暗那么

宝贵的什么东西

藏起来了;把守得那么严密

掌握得那么诡秘｛挑衅｝

一会儿诡秘、一会儿挑衅

地掌握着;你的权力魔术

你的重型机器,致

你的策略公理

铁面具

你的胜利

你的胜利，你的
至高无上地位，在一盆
呕吐物中沾沾自喜
等待，等待，直到
你说，现在

你的胜利动物
拴在即将到来的
机会上，在一盆
呕吐物中沾沾
自喜，冲着春天等待
等待，直到他们把背
转过来，于是你说：
现在！

拴在你的秘密之地
啃噬精神的腐肉
他们等着释放
我听见他们在唱
就那天
把他们的心都倾泻出来
伴着狂野的沮丧

他们的歌声因说不出话
而甜蜜
他们的黏土之唇上
是那首时代的歌

野兽们自由自在，到处漫游

来吧，我的爱，我神圣的人儿
踏着我渴望的地毯进来
宝贝，别悲哀

Like David bent down
in the darkness of love
I call out your name
and I ask to be done
with this burden of heart
with this pride of despair
with this shame
that the heart cannot
         bear

to the realms of despair

Like David bent down
to the darkness of his love
with his kingdom of dust
with his crown of destiny
with no hope for the night
with no word for his prayer

Like David bent down
in the realms of despair
with no hope for the night
with no word for his prayer
he comes to you now
he calls on your name
he asks to be done
with the darkness of love
with his burden of heart
with his shame

Like David bent down
on the bed of all despair
I come to you now
I call out your name
I ask to be done
with this darkness of love
with this burden of heart
with this shame
And the heart cannot bear

Like David bent down
in the darkness of his love
I come to you now
from the realm of despair
I call out your name
and I ask to be done
and the burden of heart

from both sides of the battleground
for liberty from love

Like David bent down
to the darkness of his love
with no rivers below
and no logos from above
and he cries out your name
from the place of despair
for the burden of heart
that he cannot repair
for the burden of trust
which is there, which is there
for the shame
which his heart
cannot bear

381

尘土都是我的坏

风和雨伞

都来自商店

旗帜来自国家

但你的不在来自

一次恐怖的睡眠

在巨大的博物馆下面

进入我渴望的

蛾子洞里来吧

* * *

我有个计划

要搬走了

远离失败

和每天的压力

*　*　*

2011 年 5 月 2 日

1995 年 [?]

巨大的痉挛

要来了

我们一点都不像蚁冢

我们不是蜂窝

看啊！那条好船

"自由意志"

正在怒海上颠簸

怒海上

你永远都可以指望

我

我准备下来到

宽恕的这一边

我准备下来到
爱情的这一边

巨大的痉挛
要来了

我准备像地狱一样逃跑
远离普遍的恐怖

也像地狱一样藏匿
在惊慌中藏起

我准备像地狱一样逃跑
远离通常的
泰坦尼克
也像地狱一样藏匿

在普遍的惊慌中藏起

*　*　*

你的朋友呢

亲爱的

等着吧他们会通过的

我的朋友都回到那儿了

在跳舞

这就是我喜欢看到他们做的

我以为听见他们

在哭泣

就在开始下雨前

你也可能听见他们

在哭泣

但他们又跳起舞来

回到那边的地板上
女士们穿的都是啥
都是从前皇帝穿的
老旧的禁穿的衣物

我们不能回去吗，亲爱的
我在外的时间太久了
你干吗丢开我们
让我们在歌中间舞蹈

我以为舞已经跳完
雨都下下来了
那你就必须死去，亲爱的
死在城里的另一边

我喜欢城里的另一边
它有完美无缺的风景

*　*　*

在这个文本中

我们不看窗外

我们不等

那个瑞士少女

走下甬道

我们也不去想

她褪色的金色面庞

那也就是她的裸体

我们不去猜测

他老旧太阳服装

的起源

和高级风格

*　*　*

我在跟荣说话

女人却都走了

男的都出去，为爱而杀

我们去北方旅行

带着我年轻时的歌曲

最后一次。够了就够了

亲爱的仇恨

亲爱的心碎的奥莉维娅

在夏娜梅拉多兰酒店

吃苹果

永远在我的希腊古瓮上

亲爱的吉娜公主

我为你而剃了个光头

现在你给我寄来印制的信件

要我给你买座寺院

我中午中暑的那个

亲爱的事故赫尔嘉

胡子像叉子的萨沙那个

后来像狗样的伴侣

可燃冰柱的凉冷烛光

在你眼中和脸蛋上

我们之间啥都没发生

除了我此时正为你跪着

我把所有的钱都送给了

慈善机构

我把所有的衣服都送给了

穷人

我跟从的是一个

要救我的人

我觉得他很

勇敢和纯粹

我名叫施洗约翰

我的辉煌

在河床上

你怎能离开我
你不许离开我
居然让我手淫
居然让我吃喝、甚至祈祷
李维斯衬衣挂在椅背上
汉诺威国王死于 1878 年
的饭店
巴黎的诗
让我的心破碎，当我到了八十岁
你怎能离开我
你怎能抛弃这个工作
去拿一把小口径左轮手枪
去威胁
你纽约的生意伙伴
他有富人的大脑
你不许离开我

看看你自己吧

坐在木台阶上

在早晨的阳光下

你穿件旧白衬衣

那是尖领扣的时代穿的

你跟她在墨西哥住时

在梅芮迪斯女装店买的凉鞋

因为画了两周的画

灯芯绒裤成了制服

坐在木台阶上

在早晨的阳光下

试图学会如何死

晚安，晚安，你们这些坏蛋

祝你们终于休息了

所有血淋淋的过去

都有一个幸福的结局

这是 1972 年 7 月 20 日的夜晚

＊　＊　＊

亲爱的斯蒂夫

谢谢帮我
过马路

最后一个人试着这么做时
他们不得不把街角刮掉

既然我不想再自我解释
我就已经成为石头
既然我不再渴望任何人
我也就不再寂寞

* * *

2002 年 1 月 19 日，致 V.R

从现在到结束
不会有葡萄美酒和玫瑰了
但再也不会、再也不会
黑得那么暗了

* * *

393

2002 年 5 月 10 日

你说我在撒谎

你说那都是我的诡计

但你做的任何事情

你的嘴唇都不能修复

而你所想做的一切就是

呼吸得畅快

在任何地方

一个人待着

或跟别人一起

但呼吸得畅快

是我想要的一切

这是真话

但现在我喘不过气来

因此我才干活

否则干不了活

这男孩
无法呼吸

他甚至都无法
走到外面去

这是很久
以来
最糟糕的一次
上气不接下气的
袭击

2003 年 2 月 18 日

394

我就随便躺着

也呼吸得畅快

★　★　★

我把我的声音，放进了你的生活

你不用停下来就能听

你能听

今夜就在你车里听

我为你歌唱，妮可

你的脸写进了我的歌

我知道美是怎么回事

月亮的线条

在你的嘴上

随我进入我的歌

★　★　★

我要的女孩，我从未得到
你呢，杰克？

＊　＊　＊

我从未把你抱在怀里
我从未目送你去上学
我有时想你
这个我从未有过的孩子
这个我从不认识的孩子
我有时渴望你
我的宝贝，我的宝贝啊
我的蓝色摇篮曲
空虚一冲，就冲没了

我把双臂，交抱在怀里
我在空巢里失落了

396

你在我里失落了，你失落得太深

我前后摇动自己

我把你摇得睡着

我摇，我的孩子，我真的摇

我的摇篮曲，我的蓝色摇篮曲

它在我里失落了，它失落得太深

我交抱起臂膀

在胸前

我把你唱睡着

我唱，我的孩子，我真的唱

我的摇篮曲，我的蓝色摇篮曲

＊　＊　＊

1988 年 11 月

有个人

我从来都不认识

我的蓝色摇篮曲

我母亲知道的事情

我永远也不会知道

*　*　*

而我所有的伴侣

如今都在哪?

为伤心咖啡馆

的女人干活——

难怪王座上

有钱

难怪巴比伦

有油

这儿跟魔鬼

去吧

这儿跟主

去吧

这儿跟犁铧

去吧

这儿跟刀剑

去吧

这儿跟荣耀去吧

这儿跟蹄子去吧

这儿跟智慧﹛知识﹜去吧

这儿跟证明去吧

* * *

我祖父出现了
厉声问：
"你把我的书
拿去
干吗了，我的
《希伯来
同音异义
词典》，我的
《塔木德释义
索引典》，我那本
未完成的《字
典》？"

399

7715 伍德罗·威尔逊

1976 年 5 月 12 日

快、快、快

把耶路撒冷

交给上帝

* * *

游泳俱乐部

3 月 10 日　星期四　下午 2 点 30 分

我今天丢了工作

我把太阳举起

开始了破晓

我是个很特别的人

但我今天丢了工作

我想我们
就要在这儿
看到某种
行动了
有些阳光
就要
扇动在
事物上了
一种决心
一个定义性的
时刻
它发自
不朽的
颅骨
在模棱两可的
松散皮肉之下

2003 年 2 月 5 日

I think we're
going to see
some Action
here
Some sunlight
is going to
fall on the
         matter
A resolution
A defining
      moment
has been reached
It is emanating
from the imperishable
         skull
beneath the loose flesh
of ambiguity

2/5/03

401

我今天丢了工作

我被太阳雇用了

它雇我给它指路

我是那个很特别的人

但我今天丢了工作

我今天丢了工作

我一直被太阳雇用

它要我给它引路

举着它上路

我是那个很特别的人

但我今天丢了工作

我今夜丢了工作

我被月亮雇用了

去打扫她的亮丽

我每天下午干活

但我今夜丢了工作

* * *

现在你知道苦难

的网撒得多开

西藏来的老师

或纽约来的垃圾

都无法减轻寂寞喉咙中

升起的渴意

这儿，在忧伤的窠巢之后

等着那个能让你生让你死的人

他的陪伴像地狱一样甜蜜

比天堂还要强大

当你手指太弯曲

无法抓住

七巧板的板块

你也不太在乎

拼成什么样的样子
你会听见那首无用的
小曲
唱的是那个已经放弃的人

我 { 过去 } 在这儿已经太久
但我已经超过了限度
但火车还是按时运行
意志还是强大的
因为它不是我的

＊　＊　＊

我目睹了很多重大事件，其中有些令人忧伤：孩子的出生，朋友的死去，时间的终结，以及横亘在中间的荒芜。当我沉思，我被多么仁慈地置于创造的迷宫中时，一个孩子上上下下地在我脊椎上走动。我的爱人跟我在一起，我青春时的妻子，而在苦难折磨中，那也是我们的命，如果我没忘记把我的自我朝向光源，我就知道，我从未因迷途而偏离我婚礼的日子。正如当时所

许诺的那样，我继承了敌人的大门，对着横扫世界，不可抵挡的威严潮水，
我也同他一起忧惧，同他一起欢乐。

我站在一边
但在这场战争中
我两边都认可
这不是我们打败仗的原因
我们没打败仗
但这是为什么胜利来得太慢的原因
耐心是我们的武器，
祈祷是我们的策略，
牺牲是我们对时代的
理解。
鼓起信心吧，你们这些
尚未聚拢的人，
等着看我们就要举起的
旗帜吧，
到我们这儿来吧，当你们

避难所的墙壁开始

抵挡不住泪水的重量而倒塌时

又跟你在一起，老朋友

又跟你在一起了

让我们的结伴更甜

让雨水更软

别忘了瓦伦丁

那个吵架的女人

她从我们眼前被遮蔽

她那么美丽

但干吗都沉默了

一副知道了却恨恨的样子

难道就因为天要黑了

大家都不知道往哪儿走吗？

在这样的一个下午
我们经常蜿蜒而去
总有东西会出现的
就算只有四月的月亮

我知道，情况变得更糟了
他们把椅子都叠起来了
选择压倒敌人祈祷声的生活
情况就会这样

我胯间阴毛上
有滴虫
但找不到
这跟检查我的人
是意见相左的
我知道它们在那儿
它们在灌木丛中野餐
从前欲望在那儿集中

并在那儿静下来

身穿一件灰色西装
我感觉特别可笑
而我涂了润发油的头发
全都为了爱情而打扮好
与此同时那些害虫
在我大腿间游动
上上下下，更上更下

（这已持续
很久了
逼得我祈祷
我从没想到我是野兽
我从没想到我有自由意志
现在，我陷入这两种现实）

那只萨克风

确立了情绪

少女们为夜晚打扮齐整

从咖啡馆进进出出

几个拉比在我身边坐下

懒懒地畅谈一番

难道这就是我的命运

长得风采迷人，却又不给人机会

拉比说话深刻，但我想得

更深，再说，怎么抓痒都不解恨

寄主昆虫啊，那些堕落者被

焚烧，为的是救他们于

地狱的火焰——你的

生命污秽是否能防止｛阻止｝坟

墓的腐化变质

* * *

你能从他们脸上

看出来

你能从他们大步走路的样子中

感觉出来

这是换

种族

这是换

岗

纽约市

到旧金山

波多黎各

安杰利诺

根本的

伊斯兰的水果

重金属

没什么沉重

没什么特别

不过是音乐

不过是人

大篷车

排成圆圈

从莫斯科

到洛杉矶

别担心

有导弹

把弹头掉转

朝另一个方向就成

贝多芬

和《圣经》以及查克·贝里

莎士比亚

和米高梅

411

告别

纽约市

告别

伯利恒

*　*　*

我不需要半夜的

许诺

我不需要

结婚戒指

千万别问我

怎么到这儿来的

什么也别

问我

但如果你给我买一件

黄羊毛衫

我会爱你

一直到时间的终结

我不想问

吉卜赛人

未来有何

可盼

我不想问

医生

这些小药丸

是干吗用的

我一直在

看着窗外

看着

路人

我不问自己

任何问题

413

我甚至都不知道

为啥

所有的商店

装满了歌曲

所有的大街

铺满了黄金

到了透露秘密的

时候

我也不讲秘密

等秘密老了再说

我诚挚地希望

你最后

没有相信

这一点，这根本就是因为

你跑掉了，背着我

跟别人结婚

要是她没做
那该多好

2003 年 12 月 27 日星期六凌晨 1 点 40 分

414

了，你
还是有权
保留

我的卷尺

*　*　*

你想必从我声音里听见
了一个声音说，我不再爱你
我永远也不会掩饰这个声音
永远也不会对你这么做的
闪光的人啊
你已经移到了我的爱情范围之外
你已经把脸转向了其他的人
我不够强大，经受不了这样的考验
我转身走了
我戴着一个铁的领子

我把链子交给了任何人

但我永远也不会假装他们是你

用双手捧着我的精神

像捧着一根火柴

的闪光的人啊

我还以为我是在暖着你

用你的不在场教育我的

闪光的人啊

*　*　*

我要支票

我玩得太厉害了

几个祖母级的人

在对我眨眼

我可能会做出，我要后悔的事

我们对彼此

做的坏事

终将会被原谅

因为这种事

本来就不喜欢做

我们现在要走了

我们要走了

要走好久好久

我们还要说晚安

我们要说晚安

我们要说再见

我们有一点点爱

还爱了一段时间

还不是太够

但还是要谢谢你了

谢谢你在田野里

的好意

谢谢你在房间里

的好意

马都跑了

但别怪我们

马在银色的飞驰中

变得

如此美丽时

那不是我们的主意

至少不是我的主意

我想跟别人在一起

我现在已经长大了

我想做另一种醉鬼

放弃了酒瓶的醉鬼

我想看着那些寂寞的男人

还跟女人一起出去的男人

我想看新娘礼服

盖住小金属圆片

这是我诸夜中最夜的夜

过去是一场排演

你今晚怎么这么好看

我还以为你放弃了斗争

你肩膀裸露

你眼睛明亮

你今晚怎么这么好看

* * *

我看着人群过去

心里在想，他们

啥时扔掉我的包袱

再一次把我选择

因为我是古老领地中的

一个国王

我不统治任何人

我推翻的是疼痛

我把名字藏了起来

我的朋友都孤独地生活

他们打电话时

我知道他们是谁

我们也不说一句话

只在线上发出呼吸声

我们从来不解开

属于你、属于我的东西

*　*　*

致婷基

你陪我走去上学

你在我床底下睡觉

420

你眼里带着兴趣

看着我手淫

你保护我

不受寂寞敌人的侵袭

哪怕你老了也如此

每次见到你

你都打招呼

你离开了房子

死在了雪地

在邻居的门廊下

而且你已失落

直到暮夏

这时我已出城

他们把你的尸体

清除

我不相信他们

即使今天

我还是拦住每一头苏格兰野狗

为了把你要回

*　*　*

房子

这是我从前结婚的房子
没什么多说的
爱情的代价禁止说
欲望必须付出

正坐在厨房里
从前我在那儿经常有人服侍
那人却不能跟我长待
我便以道别相语

我从前结婚的房子
我们是骄傲的保管人

她保管我无法成为的那种人

我保管她不能爱的人

正坐在厨房里

跟自己聊天

自我最近从饰品柜架

走下来找我

做这个是为了让他强大

他是我主，我信任的人

做这个是为了让她自由

免受家居灰尘之苦

* * *

真正的爱情是那种在两个

再也不需要互相了解的人之间发生的东西

* * *

2003 年 5 月 24 日　工作室

你还要继续假装

多久

认为有的东西

你是知道如何处理的

你还要对那些无助者、老者、死者和病者

照 {编辑？} 多少张数码照片

你敢站起来，让苏丹

让奴隶、让秘密警察看吗？

那你什么时候敢

站起来，让人看呢？

你什么时候会为了钱币而跳水

不再到湖里

和脏兮兮的下水道里游泳了呢？

424

你什么时候会帮助某个

肯定会被

杀死的人呢？

你什么时候会让一个渴望

把你牙齿踢掉的做梦者

用指头触摸你

让人把你脱光呢？

你还要在脏兮兮的下水道里

继续为了零钱跳水多久呢？

＊　＊　＊

减去 7% 的真话

他只在你一边脸蛋上

425

吻你

他也只是摸了摸你的手

你说啥也没发生

那我就假定你的故事站得住脚吧

这是一束很 { 强劲有力？ } 大的玫瑰

那个"啥也没发生"的人送的

但我谢谢你

跟我讲了真话

减去了百分之七的真

话

* * *

2002 年 2 月 19 日　法兰克福机场

我想一天

祈祷五次

事实上我就是这么做的

我想生活得

就好像 G-d 还活着

通过我、通过你

事实上我就是这么做的

*　*　*

2003 年 1 月 3 日 [?] 孟买

我们在洛杉矶的中心

做了一座小花园

这样我们的心脏

就不会硬了

而我们的精神

就可以玩了

*　*　*

安妮在火边睡着了

她手里的那是我的书

她体侧的那是我的刺

我们喜欢这种方式

"   "   "   "

"   "   "   "

喜欢一年多了，我想说。

*   *   *

我曾经是有生活的

我生活在中心

有我很喜欢的人 { 地方 [？] 去 }

有我认识的女人

一个女侍者叫我"先生"

然后她叫我"莱昂纳德"

428

我喜欢边缘，这比

中心好

* * *

它一直等到今晚

用泪水遮住，以及我供认的 { 那些 }

诗句，还有背弃的诺言

它相信，尽管我不相信

它等待，尽管我已放弃了等待

它强大，尽管我不强大

其他的一切我都滥用了、浪费了

因为关于这场爱我不会撒谎

它传唤我，尽管我没有勇气

它还要我对你说这些

话：

我一生都在等你

我从没把自己给别人

429

你是我最初的爱，也是我最后的爱

*　*　*

我试图抓住未来

我不知道它往哪边走

我有胃，胃里装满了乌佐酒 { 阳光 }

和一根标准的银制鼻子

我的吉他很安静

它有一首歌想告诉我

我的歌都像星星

它们 { 只想 } 控制，它们不逼我

而我的爱是金发碧眼，感觉古老

我在海边和她邂逅

她正把东西收拢起来

她也需要一些我

你口渴就回到这儿来

她通过一个浪头耳语道

然后她带我到一千英尺的下面

带到我坟墓里的接生婆那儿

然后在坟墓里拯救了我俩

有一首歌，它需要告诉我

我的歌都是行星

它们控制、它们不逼我

我的爱是金发碧眼，感觉古老

我在海边和她邂逅

她正把东西收拢起来

她也需要一些我

你口渴就回到这儿来

她通过一个浪头耳语道

然后她带我到一千英尺的下面

把我们缝在一座坟里

我把手放在我俩身上

它是我找不到的桥

然而那儿还有
某种
光线
一种光辉
好像那边
还
留在
后面——
唉，我也不
知道——
好像他
还
活着

2003 年 12 月 23 日，蒙特利尔

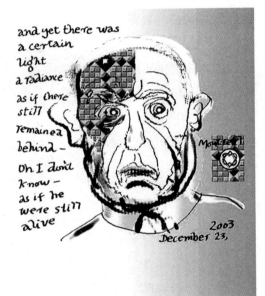

穿过刀锋和雏菊

来到我们留在身后的出生

                    *   *   *

2011 年 12 月 18 日　巴利塞兹

我是一尊活雕像

我为你动一动

如果你给我

欧元 25 分

我最亲密的朋友

今天大清早

给我喷成青铜色

那时天还

没亮

我是最好的

Dec 18ᵗ 2011   Palisades

I am a living statue

I moved for you

when you gave me

a quarter euro

My closest friend

sprayed me bronze

early this morning

when it was
              still dark

I am the best
              living statue

in Germany

I make a fortune

No one is as still
              as I am

I hover over
              my bronze body

like a bird
above her nest

The living statue
              ignore the compliments
the propositions
the marriage
              proposals

She is safe
              and beautiful
                           forever
even when my friend
helps me off
              my pedestal
and we go home
and I am alone
              in the shower

"笔记本" 手迹

434

活雕像

在德国

我赚了大钱

没人有我

那么静

我在我的青铜肉体上

盘旋

像一头鸟

在她的巢上

活雕像

不理睬恭维话

人们的调情

提亲

她安全

美丽

永远

即使当我朋友

帮我从基座上

下来

而我回家

而我独自在

冲澡间

* * *

而妮可是金发

迪伦被找到了

是在他独自下去的一个坑里

他在那里卷开了

为了世界的缘故

很久没有防御过的那面旗帜

* * *

我有过

我跟你有过

以及那孩儿

以及那农庄

以及那活儿

以及那战争

以及那债务

以及那胡话

我读

在我的掌心

以及你对我的神祇

干了啥

以及我的教堂

以及我的车

以及我的生殖器

难道我应该

喜欢

他妈的跪着生活吗?

当然我不会对

任何人说这话

特别 { 不会 } 对我老婆

特别不会对我几个孩子

不会对任何

更大更壮的人

不会对老板

不会对负责我牙齿 { 大脑 }

的任何虐待者

一切看起来都

那么安宁

当你不是在

猎艳

或不去媚主

我建议大家都

累起来、老下去

没劲

任性、没劲

跟着就听见了

那个声音

比世界深

你可能要吃迷幻药

才听得见，可能要吃大麻

对我从来无效

我旅行了至少

（可能）是一百

次

* * *

而我寻找我的爱侣

当我试图让我的婚姻{生效}

离开海岛，搬到城市，然后又搬回去

当我试图让我的婚姻生效

但我找不到我的爱侣

而你让我用夫妻

这样的文字

越过边境，提取支票

把我的寂寞武装起来

抵御我日常生活的文字

你写了你的那些诗

无人认可

无女人崇拜

无名声刺激

你甚至没为诗人的名字

在空纸上劳动

只不过是你的消息

让许多自动唱片点唱机陷入沉默

我宣布要自由的高度意图

我刮胡子割破了面皮

★　★　★

去跟你兄弟讲吧

家庭已不存在

去跟你小妹妹讲吧

她不过就一个婊子

去跟主的天使们讲吧

上面没有上帝

去跟你渴望的心讲吧

没有爱情这种东西

我跟我兄弟讲了

我听见的事情

于是他哭了起来

我跟我妹妹讲，她说：嘘

宝贝睡着了

我跟主的天使们讲了

它们用光明覆盖｛照瞎｝了我

我跟我的心讲了，我的心的确说了：

今晚跟我安静地在一起吧

肉体之人啊，我的心的确说了

随着我穿过黑夜

你自己准备忧伤吧

准备甜蜜的快乐吧

一阵痛苦的潮水涌来

几乎让我受不了了

你必须在快乐的祭坛上

牺牲你的忧伤

而我流着泪走下来

一种黑暗的冷漠来了

它好像一持续就是多年

一个什么都不生长的春天来了

一个没有太阳的夏天来了

雪中没有水晶

任何人都没有收割

雪中没有水晶

春天没有馥郁

夏天没有裸体舞蹈

秋天没有收割

我试图大哭，{我的眼睛封存起来}没有泪水

我试图大笑，没人蔑视

我试图奔跑，没有路

我试图死去，我还没出生

我钉在一块肉上

挂在屠宰场里

我挣扎着想要女人抚摸

我钉在一块肉上

吸食一颗｛荒芜的｝星星

我挣扎着想要女人抚摸

为了屠宰场中的慰安｛安慰什么东西｝

她｛我们｝陪伴的无聊

她｛我们｝拥抱中蜇伤的恍惚

消磨了轮廓

面对面地挂着

现在就

令其结束吧，慰安我吧

让我现在就投降

啊，说清楚：你禁止的是啥

你允许的又是啥

我们陪伴的无聊

我们拥抱的出神

这就是把持住我们

面对面挂着

的钩子

而我多次祈求我的心

让我现在就投降

我会把你禁止的东西放到一边

我会把你允许的东西拿给我自己

跟着就是你无法发出的

空中的大笑声，没有战争

是你无法打败的，没有游戏

现在，以免我成了犹大的羊羔

把你领向屠刀

这不是一个寓言

但这是一个人生

讲这个故事的那人

正坐在床边的椅上

不知道该去哪儿，怎么

从这儿去到那儿

他说这话是当作警告

冲着青春｛盲目｝的耳朵说的

说在真理｛那具｝尸体上面

美丽臭烘烘的

但此时夜要结束了

为听自己心跳的那人

为这个听心的人

婴儿在哭叫着要｛唱着在 [?]｝小床上

情侣都分手了

我妹妹在热｛一只｝瓶子

我弟弟启动了车子

天使们穿得像凡人

无论我们在哪，都陪着我们

446

婴儿在小床上唱歌

情侣都分手了

但只有音乐才有力量

那就把你的头放在故事上吧

我老了

以一百种方式

但我心是年轻的

它还在弹奏

爱情的主题

死亡的主题

啊，它挨得如此之近地弹奏

近得就像我的呼吸

这些主题起起落落

随着我的呼吸

我儿子在秋千上

荡过来，荡过去
跟着他就戴上了
一只结婚戒指
他做了一件重要的
任务，跟着
我儿子又
与我合一

在母亲子宫里
我女儿动弹了一下
跟着又动起来了
孩子是她的
跟着英雄的
义务在召唤
接着是子宫中
最深的子宫

于是很多痛苦

的夜晚熬过去了

结果死亡要赢

爱情要重试

于是很多痛苦

的夜晚熬过去了

结果死亡要赢

爱情要重试

甜蜜的

而我亲爱的人移除｛松开｝了

她的发卡

甜美修复的赐福

是很多很多的

直到她

｛我亲爱的｝解开了

她的发卡

甜美修复的赐福

是很多很多的

449

直到她拔下

她 { 假发？ } 黑发上的发卡

                              *   *   *

现在我还不是你父亲

但自从你父亲死后

我要在你上床前

给你讲睡前故事

那就过来围在我身边吧

但别坐得太近

坐得离我越近

听得越不清楚

我故事中有个故事

是你们没听过的

虽然我说的都围绕这个故事

就像苹果绕着苹果核

但故事讲的是爱情
为你们之中一个人讲的
当你们既非种子，亦非孩子
我也什么都不是

禁止让我讲
也禁止别人讲
但现在已经拆封
于是故事开始

是谁禁止讲故事
这个问题你可以提
是那个仇恨裸体
让大家都穿衣服的人

*　*　*

451

他们大大超前于我

那些真正的作家

我曾跟他们保持一致

但由于跟女人和富人勾留

由于路途中的问题

我落后了

几乎丢尽了最原来的那种不安

这是我第四天

没抽烟也没喝咖啡

我眼盯着释迦牟尼佛和圣弗兰西斯

就像我过去

爱盯着福楼拜和威廉·巴特勒·叶芝

我依然还有这种丑陋的感觉

想把世界变革

* * *

我知道你不相信我

你就是因为这要分手的

你要找的是一个和平之处

而这里并非如此

那我就开车送你去车站

把你送上火车

有辆货车在海里沉没

还有辆会停在缅因

我从前喜欢像傻瓜样旅行

那时我尚在中年

但我跟你定居下来了

因为流行定居

很高兴你把你跟我在

哈佛的合照留下

你并非真正地留下但

我从垃圾里找出来了

* * *

1985 年 8 月

他们把我带到圣地
一直到悲伤之墙
我说：这些石头是用沙做的
到明天就都没了

他们 { 带我 } 到珠峰
还指了指峰顶
我说：我印象很深
但也只是另一种限度

* * *

我看见你在舞台

秀给人人看

你是如何超越了忧伤

再也没人能伤害

爱情只有在你

从战争回时才是好的

爱情只有在你

从战争回时才是好的

我奴隶般忠实于真理

尽管这不在我计划内

整个夜里

传来各种动物的叫声

它们叫啊

它们叫

只有月亮

以其模糊的人的容貌

能够

升起在它夜的

呼叫之上

假如我能说话

假如时间能够

假如我能喊叫

我会哭出一条河来

我会在河上扬帆，我会扬帆

驶过夜晚

* * *

把事情弄容易点吧，宝贝

不可能通过又一场考验

就在沙上把你毯子铺开

我俩可在那儿休息

他们把我在地铁上拦住
我自己又没车
把事情弄容易点吧，宝贝
糟糕的事情糟得更糕

把事情弄容易点吧，宝贝
让我灵魂休息休息
我甚至要说我爱你
假如这不是某种考试

把事情弄容易点吧，宝贝
别让可怜的男孩等待
那些含蓄
至极的邀请书
总是来得太迟

假如我有天才的大脑
假如我有天才的舌头
我还是要抱怨，要呻吟
说我拥有得不够
说我伤风了太多
说我夜里总是独过

假如我深沉
假如我聪明
假如我能不让我主
从我视线中走出
假如我不必要求
假如我知道做人的任务
假如我负有某种任务
假如我开始打仗之前
就能赢得紫色的心

别在喝完

咖啡之前

把任何人

判死刑

                           *   *   *

过一种隐私的生活

一种孤独的美国婚姻

一首上了排行榜的歌

一幢希腊的屋

最好的药品

跟四家好餐厅中三家

的领班是好友

给 { 电视屏幕上 } 一个挨饿

的孩子捐款

一种富有人性和榜样式优雅的隐私生活

一个素食者，一个科学教派教士

一个最新革命的赞助人

一种有几个女士的隐私生活

以及一个高度靠你过日子的妻子

无论我的隐私生活发生了什么

无论我的哈里斯毛料西装和

我长时间在爱琴海晒黑的皮肤发生了什么

无论我在《英国文学选集》

中的地位发生了什么

我们在这儿没别人，就我们彼此两个

以及穿过树枝而飘来的催泪瓦斯

而我们这儿没有家徽

而我们这儿计划建造一座城市

而我们这儿的人中有杀手

是我们喜爱的

是我们依靠的

我们谁都不信任的杀手

正如专家所说

太迟了，太早了

而我们今日所做的一切

人人都是业余的

无论隐私生活发生了什么

诗人和歌手向我允诺

要过一种隐私的生活

像带刀的海盗

*　*　*

1969 年 3 月　巴黎

如果肯尼斯·柯西不那么好玩

他就得带上枪

因为他偷别的男人的老婆

更糟的是

还把老婆还回去

连同各种各样老旧的笑话

他试图不许我

发现特里·萨登

前妻的行踪

但良心驱使着他

第二天打电话

道歉

事实上是我电话了他

他顺便道了歉

否则要等他来电话

可能要等很久

*　*　*

游记

蒙特利尔｛肌肉发达的｝市民

想避开矮胖子式坠落

就爬了不止一堵墙

一座山、一段阶梯或楼梯

国王的马厩光秃秃的

他的士兵无所谓——

但肌肉发达的市民不敢冒

永久失修的危险

我倒下来，摔碎我的凡躯时

他们都没听见

骨头做成的笛子，能卖出去的好笛子

一只能摇出铃响的颅骨

　　　　　　*　　*　　*

让我跟年轻人说：

我不是圣人、拉比、禅师、古鲁

Elegy for Kenneth Koch
I'm listening to it
It doesn't stop
There's no one on the beach
It's made by the waves for Boodie Kenneth
on the beach of Jews
in Tel-Aviv
2/4/03

致肯尼斯·柯西的挽歌

我在听

它不停

海滩上
没人

它是波浪
为布迪·肯尼斯做的

在特拉维夫
犹太人的海滩上

2003 年 2 月 4 日

我是坏榜样。

让我跟那些有阅历的

认为我一生作品的特点都是

廉价、肤浅、矫情、无关紧要的人说：

你们不知道

你们有多正确

在婊子中间

我们有些人

想把爱做好

{那些}这些人中间

还有几个

做起爱来，啥都不要

我是个婊子

和瘾君子

如果我的一些歌曲

让你觉得某一时刻

变得更容易

请记住这个。

* * *

我爱过你。我嫉妒过你。我以为我有

权拥有你的陪伴。当那个时间来临，我

却把它浪费在关于力量的故事和吹牛上。你

可爱的光明已经引导了我那么久。

有时是萤火虫的光，有时是炉火的光。

* * *

而当你知道、你感受到的

严酷考验

真正地得到提炼和维护

我们就去那屋见面

那是为我们大家的鳏夫之主

465

配偶所准备的
房子

我看见她梳她长长的黑发
跟着我就嫉妒地爱她
为了她把我的生活劈成两半
可她对我却毫无用处

她的 { 满月 } 胸脯
乳尖是玫瑰红
上帝啊，我嫉妒地爱她
她烧着了我的心，她暖了我的床
而她对我却毫无用处

我们到皇家山下
的咖啡馆去
那儿他们有家庭的记录
我们花了几个小钱去听
太阳下出生的歌曲

我们跳着舞，挥动着绞扭的手绢
穿过下雪的漫长夜晚
即使歌声能持续甜蜜的时光
但我们还是回到了海岛

很快，他们就把自动唱片唱机关掉
我们只剩下五人

政治我们也谈完了
啤酒喝饱，涨到喉咙了
我们唱歌，就像从前在岛上唱歌
如果你目光能穿过暴风雪

你就会看见我们唇上有血

别忘了我，迪茉特拉
别忘了你知道的事情
再过十五六年
我就会带钱回来

*　　*　　*

卡伦长得很美
她的美压在心上，就像一只镇纸
她在她美的边缘萦绕
像一个值勤的幽灵
她住在最远的河滩
背朝着朝圣者都说
"太美了"的国会大厦
她听见他们发出欢乐的声响
但她没法转过身去

情人的歌、牺牲者的拷问台

他们在她身后高飞，弄得吱嘎作响

很多人穿过她的美

就像悔罪者走在碎玻璃上

但门口受伤的心

一进去就没治了

试图在痛苦诗人之间

找个地方跪下

试图找一个世界感受

感觉又像世界

我亲爱的说她是真爱

那她干吗又抱怨？

* * *

你说要跟我讲真相，跟着又威胁说要在我的诗歌集上到处写。让我们结束这种饶舌吧。

关于我对你一个手势的回应，是否会爱你或杀你，你表示出某种好奇。我既不是圣人，也不是谋杀犯：我不爱，我也不杀人。我做爱，我还把苍蝇的翅膀扯下来

* * *

再喝一杯
为了吧台的伙计们
我可以把我们所有的事都告诉你
但我不知道我们是谁

再哭一次
从踏板电子吉他上

为了我们打败的战争
为了我们都要的女孩
为了我们出卖的男人
一整天都在办公室

为了职业体协来的那个童子军

他永远也不会认出你

举起手来吧，乔

就像你为弗兰克·辛纳屈做的那样

* * *

1976 年 8 月 2 日

我偷了你妹妹，想做个小仪式，结果失败了

我偷了你救星，结果他双手，钉得太死

我偷了新月，它在海里的形象

我偷了你的玫瑰，以及你的天青石

我偷了银子做的子弹和你的枪

我偷了你很多神祇，我偷了唯一的一个

我偷了一座塔，有个女人倚在那儿

我偷了你的情人，从她头发的梯子上

我越过了理智的雷池

我偷了你的胜利传单
以及你轻薄的大屠杀

我从垃圾里偷了午夜特快
所以去睡吧，拿东西再也不会回来
我偷了你前妻，我得告诉她你为何
老是回来道别

我跨过了壕沟，一道高压电网
我偷了你的犹太人和吉卜赛人，从战壕绞缠｛在战壕绞缠｝
我偷了你的受害者 [？] 记忆你的大屠杀
我把你失去的一切全都偷了

*　*　*

因为我过了许多人的生活

也无人跟踪我

我是昨夜的你

我是将来的你

你哪一刻把我追查出来

我就在那一刻投降

我把你留给一袋你知道

你必须修补的裂缝

* * *

你来找我

你穿着寡妇的衣服

我问你为谁戴孝

你说：从前是你的那个男的

从前是你的那个男的

473

我爱过你

我记得你

他从前不是住在
地中海的
一座岛上
带着上帝的授命
要他进入黑暗吗

阿斯图里亚斯王子奖

受奖词

2011 年 10 月 21 日

尊敬的陛下、尊贵的殿下、阁下们、评审团成员们、尊敬的获奖者们、女士们、先生们：

今晚能站在这儿面对大家，是我的一大荣幸。也许就像大指挥家里卡尔多·穆蒂一样，我不习惯后面没有管弦乐队而站在观众面前，但今晚我只能尽力而为，做一个"独奏"艺人吧。

昨天晚上，我一夜没睡，在思考对这次令人敬畏的集会上的观众说些什么。我把小酒吧里的所有巧克力和花生都吃光后，潦草地写下了几个字。我现在觉得不用提到它们了。显而易见，基金会对我的认可，使我深为感动。但今晚我到这儿来，是为了表达另一种感激。我想，我只要三到四分钟就可以讲完了——让我来试试吧。

我在洛杉矶打点行李，准备来这儿时，心里有点不安，因为我对诗歌获奖总是有点模棱两可的感觉。诗歌所来自的地方，是一个无人可指挥，也无人可征服之地。因此，为了一个我并不能指挥的活动而接受一个奖，这让我产生有点像个江湖郎中的感觉。换言之，假如我知道好歌来自哪儿，我会更经常地去那儿。

我在那场打点行装的痛苦经历中，迫使自己去打开我的吉他盒子。我有一把孔德吉他，是在西班牙制作的，制作地点在格拉维纳大街 7 号一座很棒的车间，这是我四十多年前获得的一件美丽的乐器。我把吉他从盒子里取出，

477

举了起来。它好像充满了氦气——轻极了。我把它挨在脸边。我把脸贴近那个设计很美的玫瑰花结，呼吸着那块活的木头散发出的香味。你知道，那块木头是永远都不会死的。

我呼吸着雪松木的香味，气味就像我买下它的第一天那样新鲜。一个声音好像在对我说："你现在是个老人了，你还没对我说谢谢呢。你没有把你的感激带回到这香味所来自的土壤。"因此，我今晚来这儿，是为了感谢这里的人民、土壤和灵魂，他们给我的东西太多了——因为我知道，正如身份证不等于人，信用评级也不等于一个国家。现在你们都知道，我跟诗人费德里科·加西亚·洛尔迦之间深深的志同道合的关系。可以说，当我还是个年轻人时，我就饥渴地寻找着一个声音。我研究了英国诗人，我熟知他们的作品，我还模仿过他们的风格，但我找不到一个声音。只是在读到洛尔迦的作品，哪怕读的是译作时，我才明白，里面有个声音。我倒不是模仿他的声音，我不敢。但他允许我去找一个声音，去定位一个声音，也就是说，去定位一个自我，一个尚未固定的自我，一个挣扎着寻找自己存在的自我。

随着我年龄增大，我逐渐明白，所有的教诲都随这个声音而来。这些教诲是什么呢？这些教诲的意思就是，永远不要随便地唉声叹气。如果想表现等待我们大家的那种不可避免的大失落感，那就必须在美与尊严的严格范围内进行。

于是，我有了一个声音，但我没有乐器。我没有歌。

现在，我要跟你们很简单地讲讲我是如何找到歌曲的故事。

由于我是一个才具平平的吉他手，我喜欢在琴弦上捶击。我只认识几种和弦。我跟我学校的朋友坐在一起，一边喝酒，一边唱着民谣，或那个年代的流行歌曲，但哪怕再过一千年，我也不会认为我是音乐家或歌手。

20世纪60年代初，我到蒙特利尔造访我母亲的家。她家就在公园旁边，公园里有座网球场，很多人都来观看美丽的网球手享受他们的体育活动。我漫步走回到这座公园，我自孩提时代就知道这座公园了。那里有个年轻人在弹吉他。他弹的是弗拉门戈吉他，身边围着两三个少男少女在听他弹奏。我喜欢他弹琴的样子。他弹琴的样子迷住了我。

我就想以那种样子弹琴——也知道我永远也不可能弹好。

我就跟其他那些听琴的人，在那儿坐了一会儿。当出现一阵沉默，一阵很合适的沉默时，我问他是否能给我上吉他课。他是一个来自西班牙的年轻人，我们只能以我蹩脚的法文和他蹩脚的法文交流。他不会说英文。但他同意给我上吉他课。我指了指我母亲的房子，你从网球场可以看见这幢房子，我们约好了时间，谈好了价格。

于是，第二天，他到我母亲家来，一来就说："让我听听你弹琴。"我试着弹了一曲。他说："你不知道怎么弹，对吧？"我说："不知道，真的不知

479

道怎么弹。"他说："首先，让我给你调调琴。全都跑调了。"于是他把吉他拿过去，调起琴来。他说："这把吉他不错。"这把琴不是孔德吉他，但不错。然后他把琴还给我。他说："现在弹吧。"

我还是弹不好。

他说："我给你看看琴弦。"他把吉他接过去，弹出来一个我从未听过的声音。他跟着又弹了一连串和弦，带着颤音，然后说："你来弹吧。"我说："这不可能。我弹不了。"他说："让我把你指头放在琴格上。"说着就把我指头放在了琴格上。然后他说："可以，可以弹了。"我弹得一塌糊涂。他说："我明天回来。"他明天回来了。他把我双手放吉他上。他把吉他以一种合适的方式放在我的膝头，我就又开始弹那六个和弦——就是许多弗拉门戈歌曲所基于的那种六和弦序进。

那天，我弹得稍微好了一点。

第三天，有进步，稍微有点进步。我现在知道和弦了。虽然知道了，但我还是不能用拇指来协调我的其他指头，来产生正确的颤音模式，我知道和弦——到此刻我已知道得非常非常清楚了。第二天，他没来。我有他在蒙特利尔寄宿处的号码。我打电话想查明，他为何爽约不来。他们告诉我说，他轻生了——也就是他自杀了。我对该人一无所知。我不知道他来自西班牙的什么地方。我不知道他为什么到蒙特利尔来。我不知道他为什么待在那儿。

我不知道他为什么出现在那座网球场。我不知道他为何轻生。当然，我深深地感到悲哀。

但现在，我要透露我从未在公众场合讲过的一件事。正是这六个和弦——正是这个吉他模式，才形成了我所有歌曲和所有音乐的根本所在。

因此，你们应该明白，我对这个国家感激之心的尺度了。你们在我作品中找到的值得好评的一切，都来自这片沃土。

你们在我的歌曲和诗歌中，所能找到值得好评的一切的一切，都是从这片沃土中得到灵感的。

因此，我非常感谢你们对我的作品所表现出的暖意和盛情，因为它其实是你们的作品，是你们允许我在页面下方署上了我的名字。

女士们、先生们，太感谢你们了！

482

鸣　谢

　　莱昂纳德把《火焰》交稿时，并没有这篇《鸣谢》的草稿，这是一件很惨的事，因为完成这项工作的任务，就落到了我的身上，而我恐怕是完全无法胜任的。《渴望之书》结尾的《鸣谢》，让我们看到莱昂纳德对这个部分有多么重视。他是发自内心的谦逊，也是在真诚地表达感激之情。虽然由我代笔显得不妥，我也未必能完整地表达他的本意，但假如这份谢意没有很好地表达出来，一定会有人感到失落，这是莱昂纳德不愿看到的。所以我还是尽力替他表达。

　　莱昂纳德若要感谢，肯定会感谢罗伯特·法甘，感谢他的友谊，感谢他在把莱昂纳德的浩大档案编撰成《火焰》的这个漫长过程中，所付出的努力。莱昂纳德若要感谢，肯定会感谢亚力克桑德拉·普勒肖亚诺，他是 2010 年第一次结识她的，感谢她在书稿最后的编辑中，所提供的学术性的专业意见和对细节缜密的注意。莱昂纳德若要感谢，肯定会感谢麦可兰德 & 斯图尔特出版公司的贾勒德·布兰德、法劳·斯特劳斯·吉罗出版公司的艾琳·史密斯和乔纳森·嘉拉西、坎农格特出版社的弗朗西斯·比克摩尔，感谢他们对本书的投入，感谢他朋友里昂·威塞尔蒂尔校读终稿。他也肯定会要我感谢他的新经纪人安德鲁·怀利，感谢他对这本书稿所做的努力和他对过往音乐作品所做的贡献。

莱昂纳德在他生命的最后几个月，对那些在他演唱生涯中曾经给予他协助的人，也深深地表示谢意。他在那次偶像世界巡演中，每天夜里都感谢他的乐队和工作人员，他也会要我逐个提名，感谢你们每一个人。莱昂纳德对支持他作品的新闻媒体记者也深表感谢，他们是为数甚少的那批人中，能够到后台采访他的人。他在职业生涯的最后八年中，对索尼音乐有了新的认识，他会要我感谢所有那些密切关注他最后三张专辑的音乐公司董事长、总经理。他还会要我特别提到罗伯·斯特林格、谢恩·卡特、格勒格·林、卡琳·汉龙，以及乔安·凯伊丁。

在他最后三张专辑的每一张中，莱昂纳德都向他的合作创作者表达了谢意。他还会要我提及并感谢他儿子亚当，因为他制作了《你要它更黑暗》，感谢制作人及合作创作人帕特里克·莱昂纳德，因为他参与了《旧想法》和《大众的问题》两张专辑的制作工作，并感谢合作创作人莎伦·罗宾逊。

他会坚持要我特别感谢他的律师米歇尔·赖斯，自2005年以来，是她把他从以前经理的攻击和不法行为中拯救了出来。2016年夏天，米歇尔阻止了前经理卷土重来的骚扰，采取了迅速有效的干预行动，莱昂纳德对此表示感激不尽，因为那时他正在创作这本书，非常需要安静的环境。

最后，他要向他女儿洛尔迦、儿子亚当和儿子的伴侣杰西卡，表示他深深的爱和谢意，感谢他们的关怀和理解，使他能够像他想要的那样独处，完成本书，并感谢他们给他带来的欢乐，带着孙子孙女维娃、卡西乌斯和里昂来看他。他也想向安嘉妮表示特别感谢。

罗伯特·柯里，2018年6月